Fig. 55
Fig. 57
Fig. 5
Fig. 75
Fig. 74
Fig. 7
Fig. 76
Fig. 72
Fig. 85
Fig. 101
Fig. 87
Fig. 100
Fig. 102
Fig. 99
Fig. 98
Fig. 119
Fig. 117
Fig. 121
Uranus
Ceres
Merkur
Pallas
Erde
SONNE
Mond
Mars
Venus
Saturn
Fig. 132
Fig. 127
Fig. 37
Fig. 133
Fig. 135
Mond
Erde

科學偵探謎野真實06

科學偵探 vs.

妖魔之村

目次

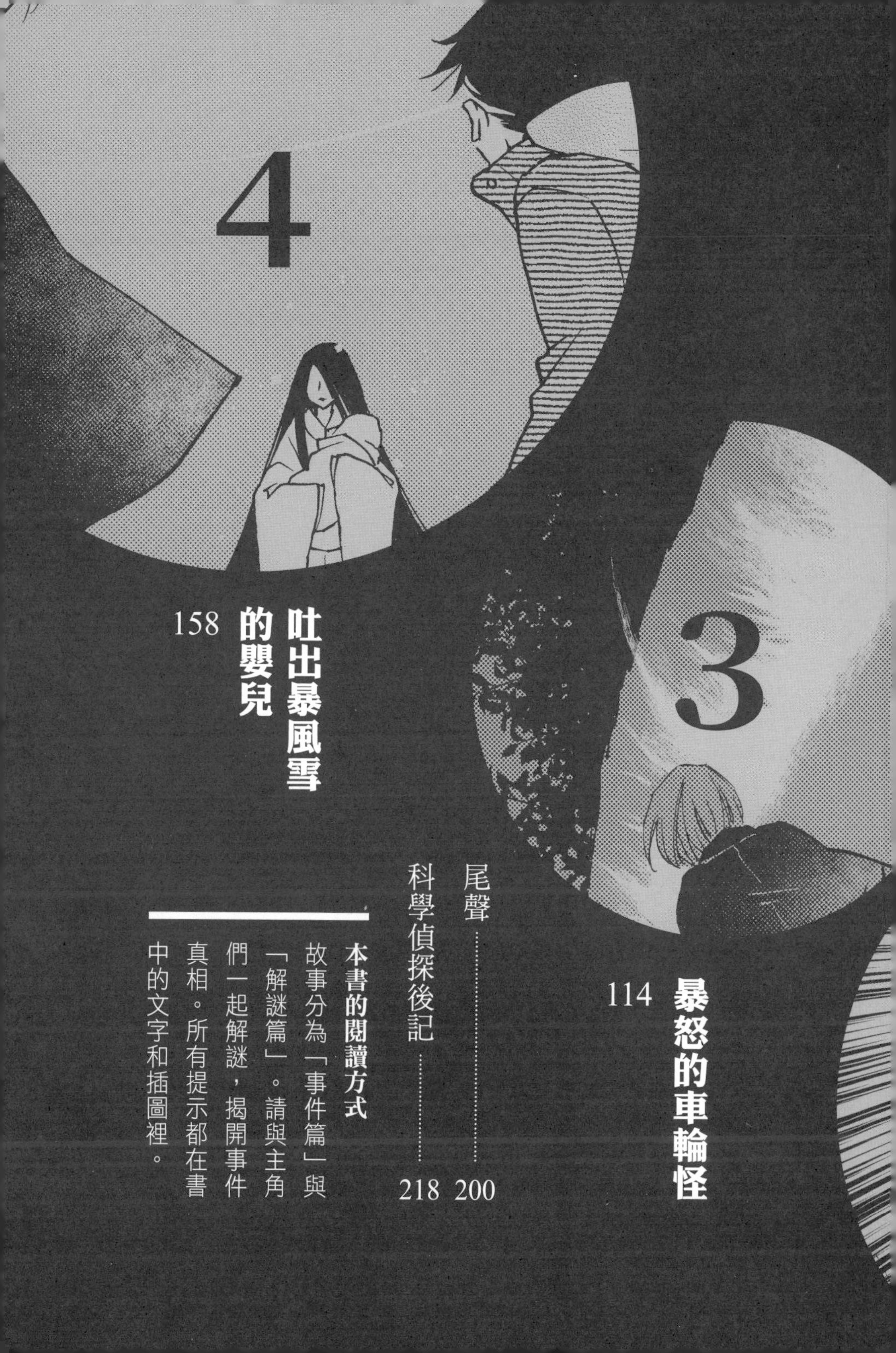

本書的閱讀方式

故事分為「事件篇」與「解謎篇」。請與主角們一起解謎，揭開事件真相。所有提示都在書中的文字和插圖裡。

謎野真實
來自精英偵探培訓學校「福爾摩斯學園」的轉學生，擁有清晰的頭腦與廣泛的科學知識，抱持著「沒有科學解不開的謎團」的信念。
宮下健太
成績與運動的表現平平，人稱「中庸先生」。膽子雖然小，卻很熱愛懸疑與神祕的事物。
青井美希
花森小學新聞社社長，志願是成為一名記者。與健太是青梅竹馬。

登場人物

矢戶田繼男
山風村唯一旅店「矢戶田旅館」的年輕繼承人。

山尾守
住在山中小屋的孤僻怪老頭，總是說：「山神生氣了！」

嗨咖・阿嘎嚕
曾是影音網站上的人氣網紅，但現在已過氣。

完全寺滿夫
自稱靈媒，總是出現在傳說有靈異現象的地方。

恐井恐子
妖怪漫畫家，代表作是《妖怪偵探妖怪君》。

山風村妖怪出沒地圖
雪原
山中小屋
登山口
矢戶田旅館
矢戶田旅館
葫蘆潭的洞窟
洞窟深處躲著眼睛發紅光、嗜吃人類影子的妖怪。據說看到妖怪的人，影子會被吃掉並將迎向死亡。
歡迎來到山風村
這裡
風雪山
車道
山腳下的停車場
山路
山姥姥出沒？
村子坐落的山上，流傳「有個會吃人的老婆婆」的傳言。

風雪山山頂雪原

下雪的日子，懷抱嬰兒的雪女將會出現。傳說聽到嬰兒哭聲的人，逃也逃不掉。

村郊的山丘

山丘上有棵大樹。傳聞這裡會出現一個只有一張臉的男人，而且他還會在山丘上放火。

前往山風村的交通方式

從山腳下的小鎮搭公車（一天兩班），大約一小時可到達。走山路健行前往，大約需要五小時。

一名年輕人獨自攻頂後準備下山，來到山腰處。

此刻的季節已是早春，然而這天格外寒冷，氣溫遠遠低於零度。

放眼所見，四周被層層白雪覆蓋，了無生機。

「唔，好冷！」

年輕人冷到渾身發抖。

「不過，景色真美！」

年輕人停下腳步，在他面前的是一大片雲海和壯麗的景色。

（總覺得有點太安靜了，令人感到

害怕……）

「哇……哇……」

某處傳來嬰兒的啼哭聲。

（嗯？在這樣寂靜的山中竟然會有嬰兒？）

年輕人驚訝的望向四面八方。

他看到一個白色的人影從山稜線那頭走來。

年輕人揉了揉疲累的雙眼，再凝神細看，只見那個人影越走越近。

對方穿著白色和服，懷中抱著一個嬰兒。

飄逸的黑色長髮間，若隱若現的臉蛋白皙如雪。

眼前的這個人看起來一點都不像存在於這個世界的人。

（是個女人嗎？這是怎麼回事？我該不會出現幻覺了吧？）

年輕人的背後竄過一股寒意。

「哇……哇……」

女子懷中的嬰兒再次大聲啼哭。

顫抖的女子以微弱的聲音對年輕人說：「你能不能……幫我抱抱這個孩子？」

語畢，女子的紅脣兩端如新月般勾起，露出妖媚的微笑。

「不……站、站住！你別過來！」

女子詭異的笑容使人渾身發顫，感到恐懼的年輕人不自覺往後退了好幾步。

這時，女子懷中的嬰兒突然轉頭看向年輕人。

他可怕的長相讓年輕人倒抽了一口氣。

年輕人想要轉身逃跑，但雙腳卻像埋在土中般動彈不得。

下一秒，嬰兒咧開大嘴……

「哇啊——」

年輕人的慘叫聲迴盪在銀白色的雪原上。

寧靜的午後，暖洋洋的陽光灑落在校園。

「喂！真實，你看、你看。」

宮下健太手拿漫畫，笑呵呵的秀給坐在長椅上的謎野真實看。

「這是什麼？」

「《妖怪偵探妖怪君》啊！最新的第四集終於上市了。」健太難掩心中的雀躍。

《妖怪偵探妖怪君》是套連載漫畫，內容在講述一名少年收服妖怪的故事。

「我好喜歡關於妖怪的傳說或故事，一直很想成為和妖怪君一樣的妖怪偵探。」

「妖怪偵探？聽起來不太實際。話說回來，你帶漫畫來學校沒有關係嗎？」

「當然！欸……其實有關係。不過你看嘛，美勞老師不是要我們用黏土做自己喜歡的東西嗎？我打算做漫畫裡出現的妖怪。」

「原來如此。這樣一來，老師應該就會允許你帶漫畫來學校吧！」

「可惜《妖怪偵探妖怪君》出版到第四集就結束了，我還以為大概會出個一百集呢！」

「啊——」

校園角落傳出尖叫聲，打斷了健太與真實的對話。

「發生什麼事了？我們快過去看看！」

真實和健太跑向聲音的來源處。

人稱「濱老」的學年主任濱田老師蹲坐在草叢前呻吟個不停。

「怎麼回事？怎麼流血了？」濱老驚慌的喃喃自語。

「濱田老師，你受傷了嗎？」健太擔憂的問。

濱老抬起頭望向真實，而不是開口詢問的健太。

「真實，幫幫我！我剛剛在這裡打掃時，突然一陣強風吹過，不知道被什麼東西攻擊了。」

濱老把腳伸向他們，只見他的右小腿上有幾道紅線般的割傷。

健太驚訝的張大了嘴，「強風嗎？濱田老師，你可能是遇到『鐮刀鼬鼠』了。」

「鐮刀鼬鼠」是個乘著旋風出現，用鐮刀般利爪傷人的可怕妖怪。

「鐮刀鼬鼠？健太，你的意思是這所學校遭到詛咒了嗎？不！是我遭到詛咒了嗎？」濱老頓時驚慌失措。

看到濱老的反應，健太也跟著害怕起來。

真實沒有隨著兩人起舞，靜靜的環視四周。

「我想，割傷的原因應該是那個。」

「哪個？」

健太看向真實注視的方向，那兒矗立著兩棟大樓。

「真實，你是指大樓嗎？那兩棟大樓怎麼了？」

這時，一陣強風吹起，三人腳邊的雜草猛烈晃動。

「這陣風又是怎麼回事？」

「我剛才被攻擊時，也吹起這樣的強風！」濱老說。

「這陣風是從那兩棟大樓間吹出，也就是所謂的『高樓風』。」真實的語氣依舊平靜。

所謂的「高樓風」，就是風吹過高樓大廈時，因為繞過建築物且通過狹窄的地方，使得風勢變強的現象。

「強風吹動附近的雜草，因此割傷老師的腳。就像不小心被紙割到一樣，雜草的葉片也會割傷手腳，這只是常見

高樓風的成因

風因為建築物的阻擋而沿著建築物外牆，通過建築物與建築物之間狹窄的通道，使風速突增的現象。

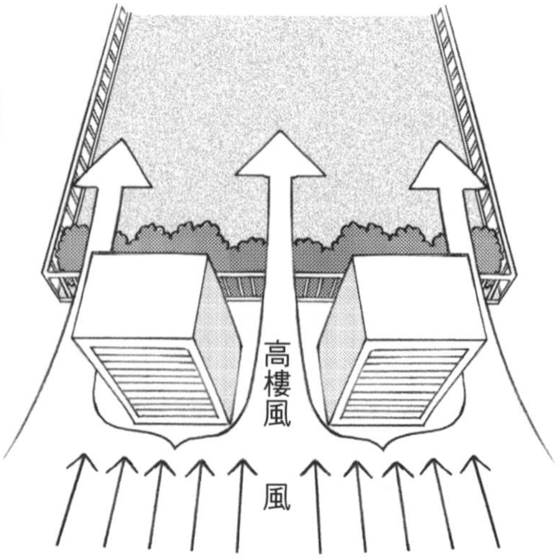

的現象罷了。

「原、原來是這樣……」

濱老從真實口中得知受傷原因的同時，對於自己居然以為被妖怪襲擊而感到丟臉，羞赧到滿臉通紅。

「哎呀！打從一開始我就知道了，只是想要稍微測試一下真實的推理能力，哈哈哈。」

濱老尷尬的笑了笑，轉頭朝校舍的方向走去。

「什麼嘛！原來不是妖怪……」健太有點失望。

「健太，這世上並沒有妖怪。」

感到無奈的真實也轉身準備走回校舍。

這時，一個熟悉的身影擋住真實和健太的去路。

「或許真的有妖怪喔！」

出現在他們眼前的是青井美希。

她是健太的青梅竹馬，也是花森小學新聞社的社長，一心想要採訪真實，搶得獨家報導。

「美希，你這話是什麼意思？」

「有個驚人的委託找上門。」美希刻意壓低音量，露出詭異的笑容說：「真實，你現在非常有名，你知道嗎？」

在與黑暗福爾摩斯學園*的那一場精采對決後，真實成為家喻戶曉的少年偵探。

「所以我私下架設了一個網站，叫作『名偵探謎野真實的房間』。」

「咦，那是什麼？」

「還不是因為真實拒絕了所有媒體的採訪。」

電視節目和報社記者都想要採訪真實，可是全都被拒絕了。

「我對這些沒興趣。」真實冷冷的說。

「真實你不感興趣，但其他人對你充滿好奇啊！身為經紀人的我，是時候該挺身而出了。」

「美希，你什麼時候變成真實的經紀人了？」健太滿頭問號。

「從我架設好網站的那一刻開始。順便說一聲，健太，你是負責打雜的。」

「喂！怎麼這樣……」

「別吵。重點是，我在網站上設了電子郵件的功能，方便大家都能委託真實查案，幾乎每天都會收到來信。雖然大多數都是『我的東西搞丟了，請幫我找回來』或『請成立科學教室開班授課』之類的內容，不

*黑暗福爾摩斯學園：利用科學的力量，在世界各地製造謎團與奇異現象的神祕組織。詳情請見本系列第五集《科學偵探vs.消失的島嶼》。

過還是收到一封不得了的委託信。」

「多不得了？」

「信是這樣寫的——村子裡出現了妖怪，村民們都很害怕。

謎野真實，你能來村子一趟，揭開真相嗎？」

「什麼！妖怪？」

「健太，我說過了，這世上並沒有妖怪，一定只是大家看錯了。」

「我原本也是這麼想的。可是，聽說前幾天有登山客遇到雪女的攻擊。」美希自顧自的說著。

「你說……登山客……他真的遇到雪女嗎？」健太的語氣中帶有恐懼卻又有點興奮，「真實，我們去看看吧！老實說我很害怕，可是我也想看看真正的妖怪。」

「我說了，這世上沒有──」

真實像是想到了什麼，話說到一半時突然停住。

有人親眼看到雪女？

想要破解謎團，不能單靠耳朵聽到的消息。

「嗯，這的確有點意思。」

真實看向健太和美希。

「沒有科學解不開的謎團！我們前往妖怪出沒的村子瞧瞧吧！」

吃人旅店

妖魔之村 1
事件篇

真實、健太和美希默默走在仍有白雪殘留的山路上。

走在最前面的美希快步前進，嘆了一口氣後停下腳步。

「還要多久才會到啊？」

美希彎下腰，伸直雙手扶著膝蓋，似乎是走得有點累了。

她轉頭看向走在後面的真實和健太。

「已經走了將近兩個小時，卻沒有看到任何村落，距離我們要前往的旅店似乎也才走了不到一半的路程。」真實也停了下來，他的額頭滲出了些許汗水。

「什麼？連一半都還沒有走到？真是有夠倒楣的，如果剛才沒有錯過公車，就不會落得這般下場了。」

美希拄著一根長樹枝當作登山杖，惡狠狠的瞪向晚幾分鐘走過來的健太。

「你還敢說！這一切都是誰造成的？」

「對、對不起！都怪我只顧著抓昆蟲，哈哈哈。」健太滿臉通紅的傻笑著。

「你還笑得出來！你真的知道自己做錯了嗎？這裡的公車一天只有兩班，你卻害我們錯過最後一班。這全都是因為你只顧著在土裡找步行蟲*。」美希氣呼呼的對著健太大吼。

「都怪那個路過的大叔啦！他說這附近有很多步行蟲，我一不注意就只忙著挖蟲，挖得太開心就……」

健太一想起挖蟲就又憨憨的笑了起來，但他立刻被美希那一道凶狠想宰了他的視線所震懾住。

*步行蟲多半會在低矮懸崖旁的土壤裡過冬，翻找土壤有可能會發現牠們的蹤跡。

「啊！對、對不起……我對我的行為感到非常抱歉。」健太滿懷歉意的低下頭。

真實沒有理會他們，獨自盯著地面。

「我想，我們最好走快一點。」

真實指著前方的路面，那兒有個大凹洞。

「這、這……難道是……」

「熊的腳印？」

健太和美希瞬間僵在原地。

就在這時，健太身後的矮樹叢劇烈晃動，發出窸窸窣窣的聲響。

「欸！」

健太和美希大驚失色，真實緊繃神經，擺出備戰的姿勢。

只見樹叢冒出一顆黑漆漆的腦袋，一個有著土黃色肌膚的毛茸茸生物竄了出來。

「出、出現了！熊、是熊！」

健太驚恐萬分，趕緊從背包裡拿出驅熊鈴死命的搖晃。

「健太，冷靜點。你搞錯了，那不是熊。」

眼前是位皮膚黝黑，有著滿臉鬍鬚的大叔。

聽到真實的話，原本緊閉雙眼認真搖鈴的健太終於注意到對方是位大叔。

「啊……你好。」健太尷尬

的開口問候。

背著一竹簍山菜的大叔擦擦汗，瞪了健太一眼說：「你說誰是熊？我說你啊！剛才不是和我四目相對嗎？看清楚！我叫山尾守，如假包換是個人。」

大叔又望向真實和美希，扯著喉嚨大聲說：「你們在這裡做什麼？不想活了嗎？在這種地方閒晃，小心被暴風雪捲走！」

「暴風雪？」健太不解的小聲提問。

大叔沒有答腔，只是抬頭看著天空。

真實、健太和美希也跟著大叔的視線看向天空。

（怎麼了？雖然有點雲，但天空看起來沒什麼異狀啊？）

「如果不想死在這裡，就快點回家去。我受夠你們這些外地人了，老是因為好奇就跑到村子裡亂搞！總有一天，你們會有報應的。」

大叔留下這段話後，消失在樹林裡。

「呼，嚇死我了。但……真的會有暴風雪嗎？」

美希抬起頭，再度仰望天空。

此時，遠方正好傳來轟隆隆的低沉雷聲。

「那個大叔似乎沒有說錯，他住在這附近，應該最懂山裡的天氣。我們先回山下的小鎮，明天再前往那座村子吧！」

真實說完，果斷的邁步走向剛才來的那條路。

三人快步下山的途中，風勢不斷增強，天氣急遽轉變。

糟糕的是，太陽下山後，四周天色逐漸變暗。

「下起雨夾雪*了。」

*雨夾雪：又稱為「霙」，指雨中同時有雪花飄落。

美希伸出手，摻雜雪花的細小雨滴沾溼她的手掌。

森林裡出現微弱的火光。

「那是什麼？」

最先發現的美希指著火光的方向。

火光緩緩搖曳，漸漸的越變越大。

「呃……難不成是鬼火？」

健太緊緊盯著這個突然出現在昏暗深山裡的神祕亮光。

「那是人，有人正往這裡走來。」

真實說對了。

那團火光慢慢的靠近他們，仔細一瞧，是一盞老舊的燈籠，一個身形痀僂的老婆婆拄著木頭枴杖，提著燈籠走向他們。

「你們幾個……是鎮上來的吧？」老婆婆的聲音微弱又沙啞。

「呃、對！」

「我的民宿就在前面，我等你們很久了，聽村長說你們今晚要住在我那裡？」

「太好了……」

渾身緊繃的美希終於鬆了一口氣，忍不住跌坐在地。

「不會變成熊的食物了。」

健太也癱坐在地上。

「麻煩您親自走一趟，真是不好意思。請幫我們帶路吧！」

真實向老婆婆鞠了個躬。

「我才要謝謝你們呢！我最喜歡小

孩子了，一直很期待能夠見到你們。來，跟我來。」

真實、健太和美希跟在老婆婆身後走了好一會兒，眼前出現一座看來年代相當久遠的隧道。

一行人靠著燈籠的火光，在伸手不見五指的隧道中前進。每當有風吹過，狹長的隧道就會發出低沉可怕的咻咻聲。不僅如此，隧道內的地面滿是泥濘，又溼又滑。

（還得走過這樣的地方……民宿到底為什麼要開在這裡？）

健太小心翼翼的走著，心裡覺得非常不可思議。

大夥穿過隧道後，繼續在山路上前進。

走著走著，映入眼簾的是一間有著稻草屋頂的古老房舍。

「這間民宿……好老舊啊！」

美希低聲細語，旋即拿出包包裡的相機按下快門。

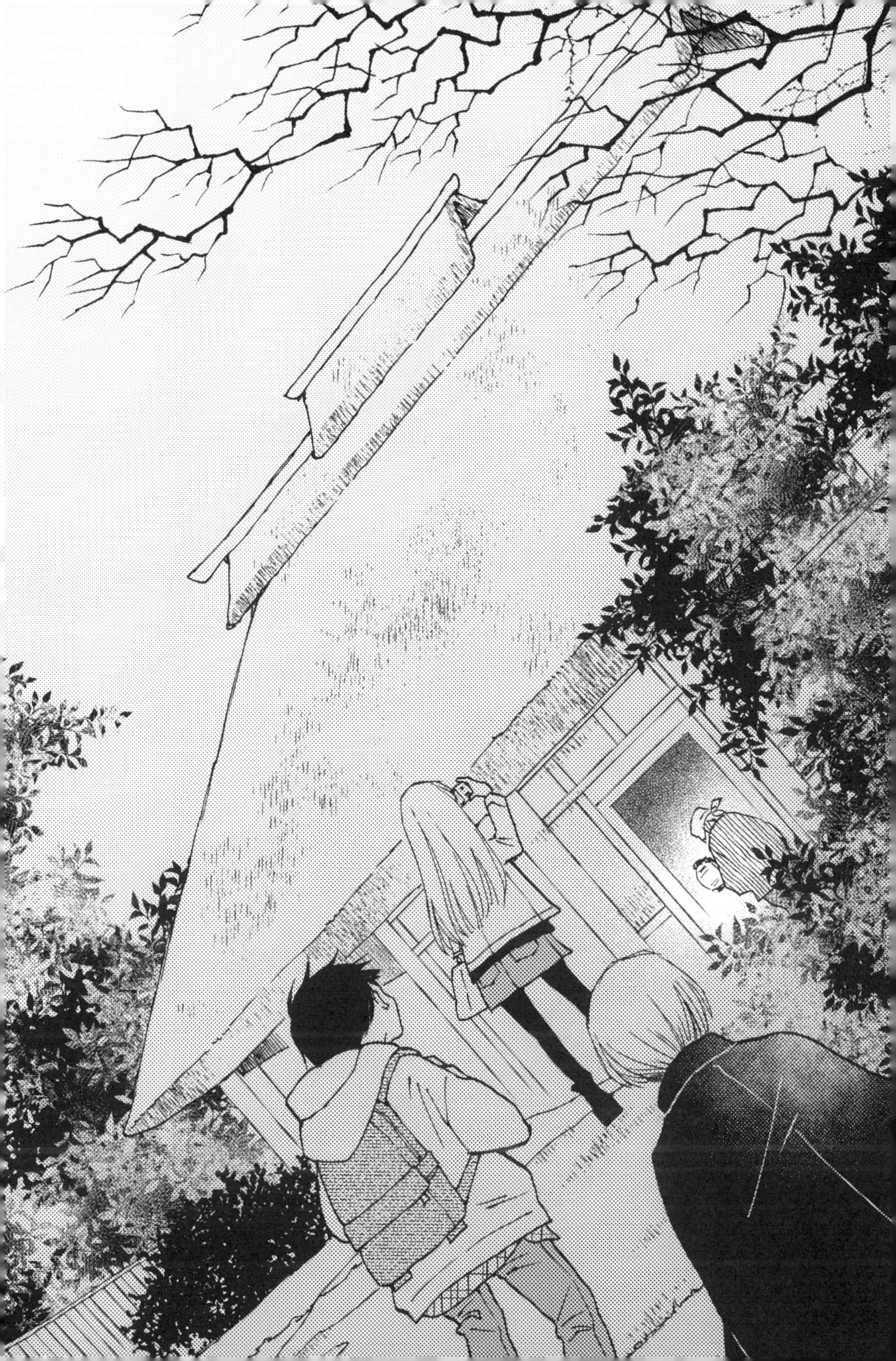

「來，往這邊。」

老婆婆引領大家走進屋內。民宿裡有間有著大型地爐、別有風情的和室。

屋子內一片靜悄悄，除了他們，感覺不到有其他人存在。

「有別的客人投宿嗎？」美希好奇的問。

老婆婆似乎沒有聽見，逕自走向客房沒有回答。

健太望向老婆婆的背影，心裡有些忐忑。

（總覺得這間民宿有點奇怪……）

「好吃！小芋頭熱呼呼的，吃進肚子裡好暖和。」

美希喝了一口豬肉味噌湯，臉上止不住的笑容。

真實、健太和美希放下行李後聚在和室裡，圍著地爐一同享用老婆婆準備的餐點。

「嗯，可以品嘗到食材本身的美味。」真實同聲讚賞。

但是，老婆婆卻沒有回應。

打從真實一行人開始用餐後，老婆婆就躲在民宿後側的房間裡沒有出現。

（她不是說最喜歡小孩子了嗎？為什麼態度這麼冷淡？）

儘管健太滿腹疑問，仍是大口咬下手中那顆飯粒飽滿、充滿光澤的大飯糰。

外頭的強風豪雨吹得民宿門窗晃動，喀喀作響。

沿著縫隙灌進的風，就快要吹熄那一盞僅有的煤油燈。

「這間民宿只有老婆婆一個人經營嗎？未免太辛苦了吧？」美希悄聲說。

「的確。」真實也同意美希的說法。

「晚餐好吃嗎？」

他們身後突然有人開口。

那又尖又高的聲音，讓健太、美希和真實忍不住轉頭。

只見一個矮小駝背、頭頂光溜溜的老爺爺站在門邊。

「呃？您好，晚安……」

充滿疑問的美希有禮貌的打了聲招呼。

「歡迎你們！這間民宿是我和姊姊一起經營的。」

「您是老婆婆的弟弟？原來民宿是你們兩位一起經營的。」

健太心中的不安稍稍減少了一些。

「嗯，我負責打雜。」

老爺爺的嗓音莫名的尖銳與高亢。

「我表演個好玩的特技給你們看，代替飯後甜點，怎麼樣？」老爺爺輕鬆自在的說。

「特技？」健太感到不解。

老爺爺伸出手，指了指健太。

「小弟弟，你過來一下。試著把我抱離地面，即使只有一公釐也沒有關係，你做得到嗎？」

「抱你嗎？喔，好啊！」

健太站起身，與老爺爺面對面。

接著，健太捲起衣袖，雙手扶著老爺爺的腰。

（看來老爺爺沒有很重，我應該抱得動。）

「預備……一、二、三！」

健太大喊出聲，使出渾身解數抱起老爺爺。

老爺爺的雙腳離開地面大約有五公分。

「厲害！厲害！」

老爺爺一邊笑一邊拍手，高聲稱讚著健太。

（老爺爺這麼嬌小，抱起他有什麼困難？）

老爺爺誇張的稱讚，反倒讓健太感到難為情。

「那麼，接下來換我表演特技了。我要讓我的體重變成一百八十公斤。」老爺爺微笑著說。

「什麼？」

「小弟弟，你再試著把我抱起來看看。」

健太不懂老爺爺的這番話是什麼意思。

他再次扶著老爺爺的腰，試著把他抱起來。

「咦？」

無論健太怎麼用力，老爺爺依舊不動如山。

「嘿！你沒吃飯嗎？」老爺爺故意出言挑釁。

「怎麼會這樣？居然完全抱不起來？」

「我不是說了嗎？我要讓我的體重變重……哈哈哈。」

老爺爺發出尖聲怪笑後，往民宿後側的房間走去。

健太一臉茫然，搞不清楚剛剛究竟發生了什麼事。

「啊！」

健太大叫一聲，跑回他們放行李的房間，急急忙忙的拿著一本漫畫又衝了回來。

健太手中的是已被他翻到破爛的《妖怪偵探妖怪君》第一集。

接著，健太快速翻動書頁，翻到某一頁後，興奮的遞到真實和美希面前。

那一頁畫的是一個光頭、有著矮小老人外型的妖怪「兒啼爺」。

「就是這個。」健太手指頁面，「那個老爺爺就是兒啼爺。這裡就是妖怪出現的那個村子！」健太壓低音量，死命的想要說服真實和美希。

他不是嬰兒。
咿～
他是兒啼爺！
他會重得像顆石頭，壓扁抱起他的人。
什麼！
難道奶奶不是被落石砸死……

始終保持沉默的真實抬起頭，推了推眼鏡。

「健太，你無法把老爺爺抱起來，並不是因為他是妖怪，而是中了他的計謀。」

「計謀？」

「對！他只是運用了非常初級的物理詭計。」

「詭計？物理？」

聽到陌生的詞彙，健太歪著頭實在聽不懂。

「別想得太複雜，事情其實很單純。剛開始老爺爺要你抱起他時，順勢將身體貼近你的身體和手臂，讓自己的身體重心靠向你，這個原理就類似雙人花式滑冰或國標舞，男選手舉高女選手時所使用的『托舉』技巧。」

「托舉嗎？印象中，花式滑冰的女選手準備要被男選手舉高時，就會看準時機將身體靠向男選手。」

「你們仔細回想，當健太第二次想要抱起老爺爺時，老爺爺往後退了一步，將身體的重心遠離健太的身體和手臂。如此一來，儘管力氣再大，也無法瞬間舉起重心遠離自己的人，就算只是移開幾公分而已。」

「老爺爺居然使出這種詭計，真是亂來！」美希有點哭笑不得。

「什麼嘛！原來是這樣。」

第一次

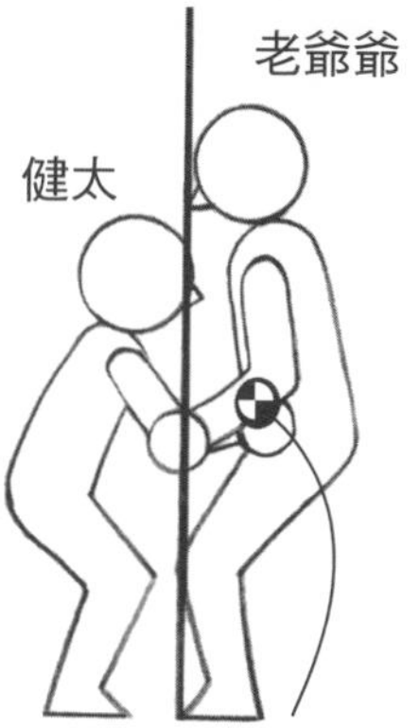

老爺爺將重心貼近健太，
因此容易被抱起。

第二次

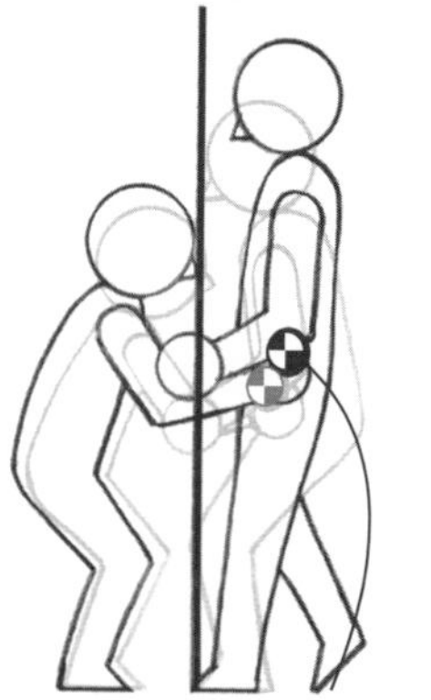

老爺爺將重心稍稍遠離健太，
便無法順利被抱起。

原本以為遇上妖怪而感到恐懼的健太，在得知一切不過是個詭計之後，失望的闔上書。

半夜，到了大概兩點半*的時候——

健太用棉被蓋著頭，翻過來又翻過去。

民宿外頭依舊狂風大作，風聲在健太的耳朵裡聽起來就像妖怪的吼叫聲。

呼嘯的風聲讓健太感到害怕，才會到現在都還睡不著。

（天怎麼還不亮？我好想上廁所喔……都怪我睡前喝太多水了，可是……我不敢一個人去廁所。）

美希在隔壁房間休息，應該早就睡著了。

健太看向旁邊，真實戴著帽子、眼罩和耳塞，看來睡得很熟。

（真實的配備真齊全，齊全到彷彿在說「不准吵醒我」。嗚嗚，看來我只能自己去廁所了……）

健太鼓起勇氣，獨自走在一片漆黑的走廊上。

強風吹得民宿微微晃動，木地板嘎吱作響，健太因為害怕而顯得步履蹣跚。

（我記得廁所是在走廊盡頭。咦，廚房還亮著燈。老婆婆他們還沒睡嗎？）

「霍霍……霍霍……」

（好奇怪的聲音……啊！老婆婆是在磨菜刀嗎？）

健太靜靜的靠了過去，只見紙拉門上透出老婆婆正在磨刀的身影。

＊在日本的傳說中，半夜兩點到兩點半是幽靈最常出沒的時間。

廚房裡傳來老爺爺和老婆婆的說話聲。

「又粉嫩又新鮮，我真是太喜歡了！愛吃到戒不掉。」老婆婆的語氣聽起來很興奮。

「你打算一個人獨吞今天的收穫嗎？」

（新鮮？粉嫩？他們在說什麼？難道是要吃小孩嗎？）

健太打了個冷顫，覺得自己一定是聽錯了。

他又看了看廚房的方向。

（咦，那個影子是什麼？）

在老婆婆的身影旁，有一個小小的人影，他被繩子吊著脖子，掛在半空中晃來晃去。

「哇啊——噗！」

健太趕緊用手遮住差點就要大叫出聲的嘴巴。

雙腿發軟的健太往後退了好幾步，稍微回過神後，好不容易才回到房間。

「醒醒啊！真實。快起來！」

健太奮力搖晃熟睡的真實，但真實完全沒有動靜。

「喂！真實，我叫你起來啊！」

健太扯掉真實的眼罩。

「怎麼了？我的耳朵好痛。健太，發生什麼事了？」

真實總算醒來了。

健太把隔壁房的美希也叫了過來，努力壓抑住心中的激動，壓低音量對真實和美希說：「民宿是妖怪開的！他們開這間民宿，是為了把旅客殺來吃！」

健太的雙手不斷顫抖，他從背包拿出《妖怪偵探妖怪君》第一集，翻到某一頁後，遞給真實和美希。

書上畫著一個長有鬼角、一頭凌亂白色長髮隨風飄逸、手拿菜刀攻擊人類的老婆婆。

「一定是這樣！民宿的那個老婆婆就是山姥姥。她是個會把旅客騙進民宿，趁他們睡著後殺來吃的妖怪。」

儘管被吵醒的真實和美希睡眼惺忪，還是打起精神，專注的聽著健太說話。

「我剛剛看到他們用繩子吊起被殺害的小孩……他們接下來的目標就是我們，他們打算殺了我們！」

「你看到……小孩的屍體？」美希一頭霧水。

「嗯，確切來說，應該是小孩屍體的影子。我是說真的！昨晚那個老爺爺不是還耍了我們？他把自己的體重變成一百八十公斤，還有那個尖銳的嗓音、光溜溜的腦袋……他真的就是兒啼爺啦！」

「健太，你看太多漫畫了！啊——我好睏。」美希打了一個好大的呵欠。

「再不快點離開這裡，兒啼爺就會壓扁我們，山姥姥……還會吃掉我們！」健太著急的說。

「健太，外頭正颳著暴風雨呢！」

「可是……」

健太欲言又止，躊躇了一會兒。

「好吧！看來只好再去確認一次了，這次我們一起去。」真實的語氣讓人安心不少。

健太再次走向稍早經過的廚房，雖然仍是感到害怕，但有真實和美希在身旁，健太就多了點勇氣。

拿著手電筒的真實走在前頭，一把推開廚房拉門，和美希率先走了進去。

廚房的燈關了，老婆婆和老爺爺也不在裡頭。

「沒有看見被吊起的小孩屍體啊！」

美希回過頭，看向站在廚房門口膽顫心驚的健太。

「什麼？」

健太小心翼翼的走進廚房查看。

正如美希所說，廚房裡沒有任何屍體。

真實用手電筒照了照四周，仔細掃視空蕩蕩的廚房。

他注意到地上放著一盞聚光燈，插頭沒有插在插座上。

「難道……」

真實快速環視廚房一圈。

「謎團解開了。」

（什麼？真實就這樣看了一下廚房，能夠看出什麼端倪？）

健太感到無比驚訝，也跟著真實的視線環顧了四周。
但他並沒有發現什麼不對勁的地方。

解謎篇

「應該是這裡。」

真實把聚光燈擺上架子，再將插頭插進插座。

「健太，你到廚房外面，站在你剛剛看著紙拉門的地方。」

美希陪健太一起走出廚房，站到能看見紙拉門的位置。

「啊！」

被繩子吊掛起的小孩身影，再度出現在紙拉門上晃來晃去。

「為什麼會這樣？廚房裡明明沒有看到屍體啊？」

「健太，你把紙拉門推開來看看。」

健太一把推開，只見真實指著用繩子高掛的水桶和白蘿蔔。

「你看到的屍體影子就是這個吧？這兩樣東西的影子交疊，看起來的確就像脖子被吊著的小孩。」

「呃？你的意思是，我看到的是水桶和白蘿蔔的影子？」

「沒錯！水桶從側面看過來是四邊形的，但是從上面或下面望過去則是圓形。圓形的水桶影子像是頭，白蘿蔔的影子則像是手和腳。當從門窗縫隙吹進來的風吹動繩子和上面的物品時，影子也會跟著晃動。我猜這就是你誤以為廚房裡有屍體的原因。」

「咦，你們怎麼還沒睡？」

三人同時望向聲音傳出的方向，只看到駝著背的老婆婆站在那裡，老爺爺似乎已經睡了。

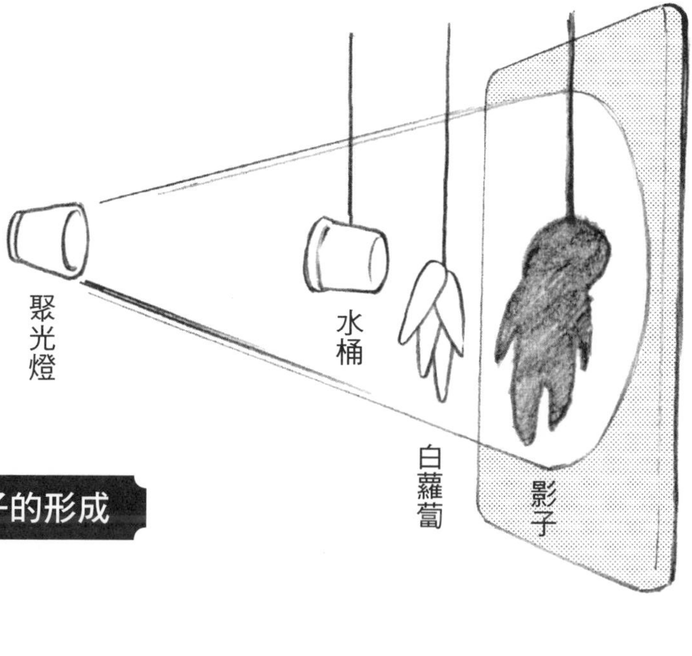

影子的形成

美希向老婆婆解釋剛才發生的事，老婆婆笑著說：「真意外你會把我們當成山姥姥和兒啼爺，呵呵呵。」

這是他們遇到老婆婆後，老婆婆第一次露出笑顏。

「我習慣在睡前磨好菜刀，為明早先做準備。」

「可是，你不是說『又粉嫩又新鮮，愛吃到戒不掉』嗎？」

「哦，你說那個啊！我是在說我最愛吃的『魚卵』。不過，醫生不准我吃……時間不早了，你們也快點睡吧！晚安。」

老婆婆轉身離去，消失在走廊盡頭。

「什麼嘛！原來是魚卵……」健太羞紅了臉。

「真是的！健太，你總是這樣大驚小怪。」美希笑著說。

「對、對不起。」

健太難為情的露出苦笑，但是真實不發一語，似乎在想什麼。

第二天一早，老婆婆準備了豐盛又美味的早餐迎接他們。

「今天的天氣真好。你們先去找村長吧！沿著這條路直直走，就可以到達村子了。」

老婆婆目送真實、健太和美希離開。

（我居然誤以為溫柔親切的老婆婆是妖怪……我實在是太蠢了。老婆婆，對不起！）

健太在心裡向老婆婆道歉。

三人朝著村子的方向，在山路走了好一會兒。

「啊！有車子來了。」美希說。

健太回頭一看，一輛白色的廂型車開過來，停在他們旁邊。

車身上寫著「矢戶田旅館」，一名男子從駕駛座探出頭來。

「你們是謎野真實和他的朋友嗎？你們今天才到嗎？」

戴著圓框眼鏡、長相清秀的年輕男子露出燦爛的笑容。

「早！我是你們預定要投宿的矢戶田旅館工作人員。」

他是旅館的年輕老闆——矢戶田繼男。

「預定要投宿的旅館？那我們昨天住的民宿是……」

困惑的美希向繼男說明他們昨天就到了，還投宿在山中的民宿。

「咦，這附近除了矢戶田

旅館，沒有其他旅館或民宿啊？」

「那是一棟古老的房舍，有著稻草屋頂和很大的地爐。」

美希秀出相機裡拍攝的民宿照片。

「這是哪裡？啊！難道……可是，怎麼可能……」

繼男的表情變得陰鬱不安。

真實、健太和美希搭上繼男的車，大約行駛五分鐘後停了下來。

繼男帶他們前往的是一棟有著稻草屋頂的大型建築。

「你們說的民宿該不會就是這裡吧？」

「嗯……好像有點奇怪？」美希說。

「聽你這麼一講，真的有點怪怪的……」健太也點頭回應。

眼前的建築物沒有門，屋頂破了個大洞，簡直跟廢墟沒有兩樣。

「這是怎麼一回事？我們昨晚的確住在這裡啊！」
美希伸長脖子，望向面前這個已成廢墟的建築物裡面。
歪倒破爛的紙拉門、破損露出地面的木地板、早已腐朽的地爐……
抬頭仰望破了個洞的屋頂，還能一眼瞧見藍天。
「我還記得這個地爐的形狀，我確定我們昨晚真的住在這裡！」
「老婆婆！老爺爺！」健太高聲呼喚。
「聽說這裡曾經是間民宿，直到五十多年前，都是由一對感情很好的姊弟所經營。不過現在早已成空屋，沒有人住了。」繼男說。
「那麼，昨晚接待我們的……」
「果然是妖怪嗎？」
健太和美希呆立在塵埃飛揚的廢墟中。
真實手抵脣邊，用銳利的目光掃視著空屋。

1

SCIENCE TRICK DATA FILE

科學詭計檔案

神奇的重心

重心是指「物體所受重力之合力的作用點」。

人類的重心位在腰的附近，大約是身體的中心位置。假如重心的鉛直線沒有通過腳和地面的接觸點或雙腳之間，就無法穩定的站立。

重心的鉛直線沒有通過腳和地面的接觸點，就會站不穩。

重心的鉛直線通過站立地面的雙腳之間，便能穩穩的站立。

【挑戰做實驗】如果不能變換身體的重心位置，就算是簡單的動作也無法做到。

無法抬起一隻腳！

舉起一隻手並將身體緊貼牆壁，在這個狀態下試著抬起沒有靠牆的那隻腳，你會發現竟然抬不起來！想要抬起一隻腳，必須把重心移到另一隻腳上，但是貼牆的姿勢會使你無法將重心移到靠牆的那隻腳上。

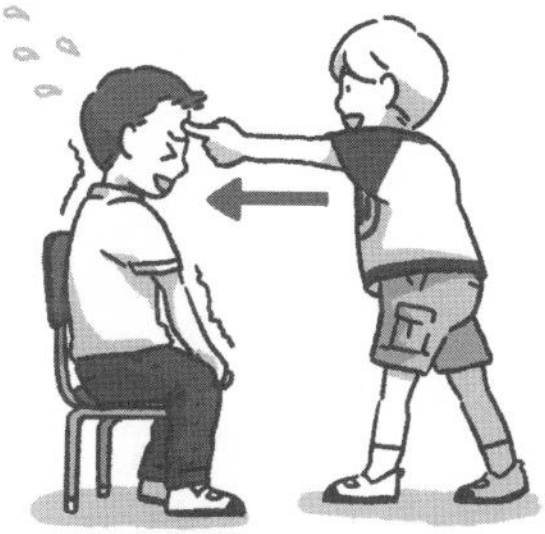

站不起來！

伸出一根手指抵住坐在椅子上那個人的額頭，坐著的人無法把重心移至腳上（前方），所以站不起來。

妖魔之村 2

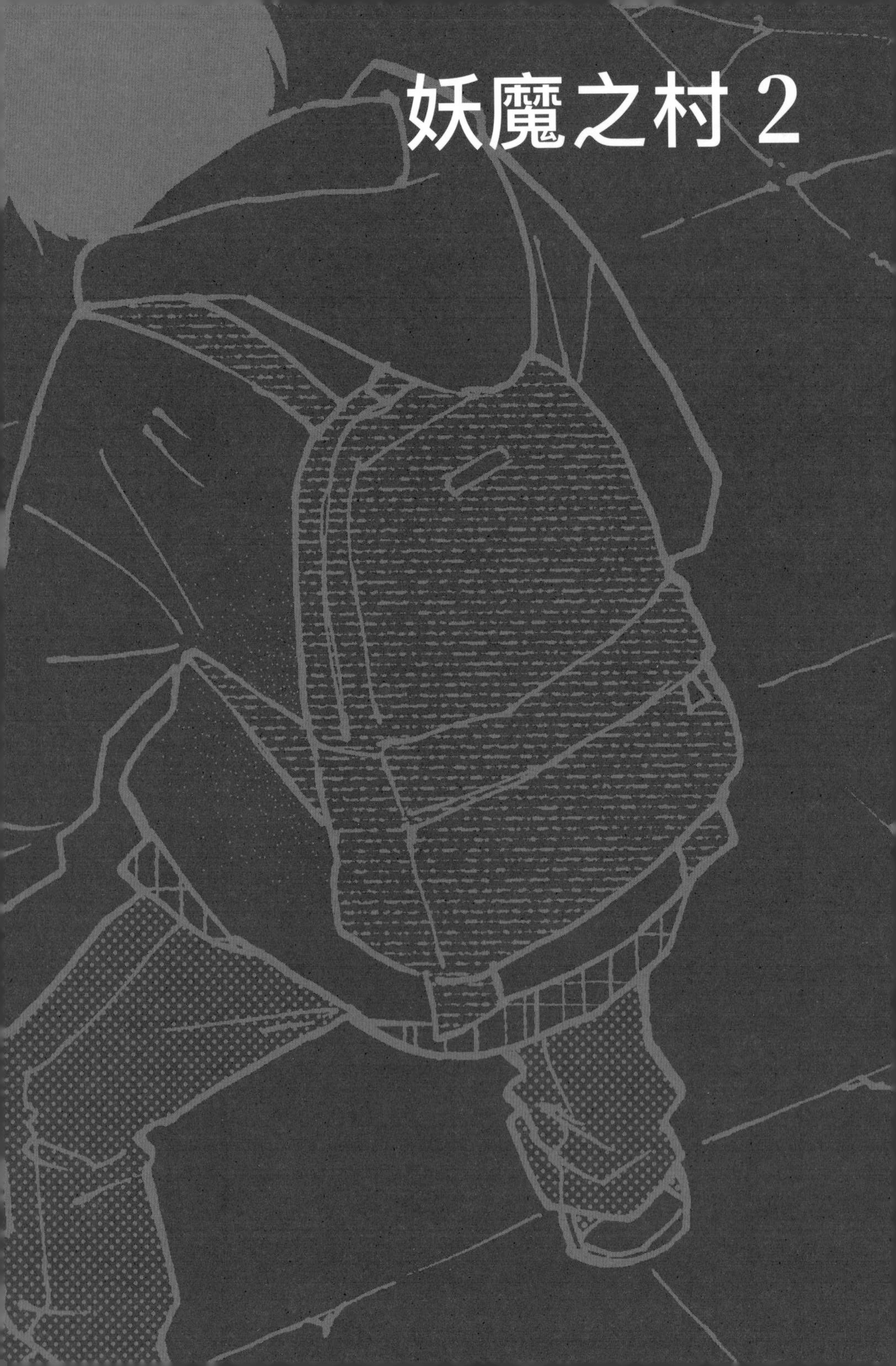

招來死亡的食影鬼 事件篇

「這裡就是我們家經營的旅館。一講到山風村的旅館，就只有我們這一家，別無分號。」

在繼男的領路下，真實、健太和美希終於抵達原本預定投宿的「矢戶田旅館」。

「來！請進。」

繼男招待真實一行人進入旅館。

在玄關迎接他們的，是位和服打扮的中年女子。

「歡迎光臨！」女子笑臉盈盈的說。

「這位是我的母親，也是這家旅館的女將*……」

「你們好！我叫矢戶田良子。」

不讓繼男繼續往下說，女將打斷了繼男的介紹詞。

「你就是謎野真實？」

「是的。」

「我聽村長說了，但是昨晚沒見著你們，實在叫人擔心。如果要變更預約，應該先跟我們聯絡一下才是……」

女將的態度雖然恭敬，語氣卻略帶責備。

「你怎麼可以用這種語氣和客人說話……」

繼男還沒說完，就被女將狠狠的瞪了一眼，趕緊閉上嘴巴。

「這可不是件小事！不好好要求怎麼行？繼男，你是這家旅館的繼承人，更應該牢牢記住這些。」

「我都知道啦！媽……」

「繼男，這個時間、這個場合你不應該叫我『媽』，而是要稱呼我

*女將：日本傳統旅館的老闆娘被稱為「女將」。

為『女將』。」

被女將劈頭痛罵，繼男沮喪的低下頭。

「哎呀，歡迎、歡迎，你們好！」

一位親切的中年禿頭男子邊說邊走了進來。

「初次見面，我是山風村的村長——孫長介。」

「村長？」健太和美希同時大叫。

聽說村長是女將的青梅

竹馬，也是這次的委託人。

他在網路上看到美希架設的網站，決定委託真實前來解決有關妖怪出現的傳言。

「謎野真實和兩位同行的友人，歡迎你們來到山風村。沒想到你們會願意來我們這個小村莊。」

山風村沒有什麼特殊的觀光景點，來訪的旅客也很少。

會投宿在村裡唯一的這間旅館的客人，大多是偶爾來釣魚或登山的熟面孔。

「村子裡居然還出現妖怪！使得村子的名聲變得更差，我已經不曉得該怎麼辦了……」

村長拿出手帕，擦了擦額頭上的汗水。

「這真的讓我們很困擾。身為村長，你應該要振作點才行！」女將不忘對村長抱怨幾句。

「你們別看我媽嘴上這樣說，她心裡其實很高興。最近多虧有妖怪出沒的傳言出現，吸引了不少都市裡的客人願意前來這個小村莊，旅館的生意更因此變好。雖然那群客人全都有些奇怪……」繼男小聲的和真實他們說。

「奇怪？」

健太看向繼男視線所及的方向，旅館大廳裡有幾位客人。

「啊！那個人不是『嗨咖·阿嘎嚕』嗎？」

美希指著客人群中的其中一人——一個穿著誇張的流行服飾、染著褐髮的年輕男子。

「哇！真的是他！」健太忍不住大叫。

「嗨咖·阿嘎嚕」過去曾是影音網站上廣受歡迎、擁有超高人氣的知名網紅。

然而，自從他不顧道德的拍攝捏造影片後引發爭議，人氣直線下滑而成了過氣網紅。

「誰叫他要從大樓樓頂撒魚，自導自演『動物從天而降』的奇異現象*，而且還是冷凍魚……有夠沒水準的。」

不難感覺到立志成為記者的美希，對於嗨咖．阿嘎嚕的行為感到無比憤慨。

「不過，他為什麼會出現在這裡？」健太一臉困惑。

「那還用說嗎？他一定是打算拍攝妖怪在村莊出沒的影片，想要再次奪回人氣王的頭銜！」美希的語氣中帶有不屑。

*二〇〇九年，日本各地發生多起蝌蚪從天而降的現象引發話題，有一說是因為鳥類在空中將吞下去的東西吐出所造成，但真正的原因仍有待釐清。

真實一行人離開大廳來到後側的會客室，準備聆聽村長說明關於妖怪的詳細情況。

「請用。」

開仙貝店的村長拿出為了行銷村子而設計製作的「村長仙貝」請大家吃。

「所以……村子現在是什麼情況？」真實詢問村長。

「唉，這要怎麼說呢？一開始是出現雪女，然後陸續有人說親眼看到妖怪……這裡儼然已成為妖怪村了。」

村長深深的嘆了一口氣，再次伸出雙手緊握真實。

「謎野真實，拜託！我們只能靠你了，求求你幫幫我們……」

「咦，謎野真實？難道你是……名偵探謎野真實？」

真實耳邊突然有人說話。

大夥轉過頭，只見嗨咖・阿嘎嚕不曉得什麼時候來到他們旁邊，賊笑著貼近真實的臉。

「嘿！我說，你要不要加入我這次的影片一起演出？」嗨咖・阿嘎嚕興致高昂的說。

「沒興趣。」

真實把頭撇向一旁不想理會，但嗨咖・阿嘎嚕跟著繞到另一側，更加逼近真實的臉。

「有什麼關係嘛！我會幫你衝高人氣，還會送上禮物好好答謝。答應我嘛！」

「喂！你給我差不多一點。」

美希雙臂抱胸，叉開雙腳挺身而出，站在那兒瞪著嗨咖．阿嘎嚕。

「你的影片幾乎都是假的！身為謎野真實的經紀人，我怎麼可能答應讓我們家的真實陪你演出那種影片。」

敵不過美希的來勢洶洶，嗨咖．阿嘎嚕儘管不甘願，也只能摸摸鼻子離開會客室。

村長在會客室裡滔滔不絕的詳盡說明了將近一個小時，大廳突然傳出騷動。

真實一行人湊上前，看到繼男正拚命的安撫客人。

大聲吵鬧的是一位來山風村釣魚投宿的老顧客。

「請您先冷靜一下……」

「我沒辦法繼續待在這個村子了！葫蘆潭洞窟的妖怪吃掉了我的影子！你聽清楚了嗎？妖怪吃掉了我的影子。」

「妖怪？」

「吃掉影子？」

健太和美希止不住的好奇。

「喂！你說這話是什麼意思？仔細說來聽聽嘛！」

嗨咖．阿嘎嚕聽到騷動後也湊了過來，興致勃勃的開啟攝影機正對著釣客。

「那個妖怪是牛鬼。」

眾人背後突然有人開口。

「啊！」

健太轉頭看去，驚懼得跳了起來。

一個長著兩隻角的可怕黑影迎面而來。

健太定睛仔細一看才發現，那個黑影是個身穿和服的女人，她的頭上戴著一頂有著兩隻角的貝雷帽。

「啊！恐井恐子老師。」繼男說。

「恐井恐子？您就是那位恐井老師嗎？」

聽到對方的名字，原本滿是恐懼的健太臉色一變，綻放笑容。

「久聞老師大名，我是老師的書迷。『牛鬼』第一次登場，是在老師的作品《妖怪偵探妖怪君》第二集的第十二頁，對吧？」

健太從背包裡拿出《妖怪偵探妖怪君》第二集，得意洋洋的翻開書頁遞向眾人，「你們看！就在這裡。」

書頁上畫著可怕的牛鬼，旁邊還寫著「牛鬼是個有著牛臉蜘蛛身的

恐怖妖怪，嗜吃人類的影子。影子被吃掉的人將會迎向死亡。」

「一定會死嗎？」

跟著眾人靠過來看向漫畫的釣客一臉錯愕。

接著，他以僅剩最後一絲希望的眼神看向恐子，「這是真的嗎？有沒有……有沒有什麼破解的方法？」

看到釣客慌亂的反應，恐子語氣冷淡的說：「遇到牛鬼時，只要說出『石頭流動』或『樹葉下沉』等這些與事實相反的話就能破解。但是一旦影子被奪走，可就無力回天，只能等死了。」

「等死？」

釣客的臉色瞬間慘白，昏了過去。

「您還好吧？您沒有事吧？」

繼男把當場暈厥的釣客抬進和室休息，自己則待在一旁看顧。

真實、健太和美希靜靜看著這一切。

「怎麼又有妖怪出現？這次是牛鬼……怎麼辦？怎麼辦？這個村子就要毀滅了……」村長在他們身邊喃喃自語。

「村子受到詛咒了！」

眾人背後又傳出另外一個人的聲音。

站在那兒的是位身穿紫色袈裟的男子。

他一身和尚的裝扮，體格十分壯碩，臉上滿是油光。

「詛、詛咒？那我們到底該怎麼辦？」

村長趕緊詢問和尚，想要緊緊抓住眼前這一根救命稻草。

「放心！只要隨身攜帶這個有我事先灌注念力的符咒，就能躲開詛咒。」和尚邊說邊從懷中拿出符咒。

「這個符咒原本要價五萬元，看在村長有著和我一樣的髮型，給你打個折扣特別優待吧！算你五千元。」

符咒上寫著「安心」兩個字。

「那個人我好像在哪裡看過？」美希斜眼看著和尚悄聲說。

「啊！我想起來了，他是完全寺滿夫。」

「完全寺滿夫？他是誰？」健太反問美希。

「他自稱是個靈媒。據說凡是出現靈異現象的地方，就一定會看到他在

現場兜售符咒。他的興趣是鍛鍊肌肉，最喜歡牛排和烤肉。」

「怪不得他那麼健壯……」

眼前這個和尚看起來完全不值得信任，然而村長卻掏出錢包，想要買下符咒。

「請等一下。」

真實介入村長和和尚之間。

「這個世界上並沒有妖怪。」

「你、你說什麼？」

堅信妖怪存在的恐子氣到渾身發抖。

「這世上沒有科學解不開的謎團。給我一點時間，我會利用科學的力量，揭開妖怪牛鬼之謎讓你們瞧瞧。」

「既然你這麼說……」

繼男拿出村莊附近的山路地圖，交給真實。

「這是通往葫蘆潭的地圖，但我希望你別太勉強自己……那位客人口中看到牛鬼的洞窟，就在那附近。」

「謝謝！」

真實收下繼男給他的地圖。

「來了、來了、來了！情況越來越有趣了。」

拿著攝影機的嗨咖・阿嘎嚕露出詭異的竊笑。

真實、健太和美希走在山路上，朝地圖標示的洞窟方向前進。

「怎麼了？健太，你害怕了嗎？」

健太頻頻回頭，心神不寧的看向四面八方。

「我總覺得有人在看著我們……美希，你沒感覺到嗎？」

「沒有。是你想太多了吧？」

美希大步前進，不再理會健太。

這時，附近的草叢發出沙沙聲。

（果然有人！）

「哇啊——」

健太正想要揭露跟蹤者的真面目時，卻在踏出步伐的那一刻，腳底一滑，整個人跌落山崖。

「健太！」

真實和美希同時大喊。

「怎麼辦？這山崖好像有點深……」

「健太，你還好嗎？」真實看向崖下大喊。

一片寂靜後沒多久，滿頭蜘蛛網的健太從矮樹叢裡探出頭。

「我沒事！」

看到健太沒有受傷，真實和美希安心許多。

真實看了看地圖，發現健太所在的崖下似乎是通往葫蘆潭的捷徑。

「既然這樣，你們兩個也沿著山壁滑下來吧！」健太對真實和美希大聲說。

「什麼？我才不想弄髒衣服呢！」

「恕我拒絕。」

美希和真實非常乾脆的回絕健太，他們決定繞路與健太會合。

獨自待在崖下的健太查看了附近的情況，注意到前方不遠處有個清澈透明的水潭。

「哇！好美。」健太跑近水潭，忍不住讚嘆。

潭中可以瞧見魚兒在清澈的水裡悠游。

（雖然村長說這個村子沒有什麼特別的觀光景點，但卻有著豐富的自然生態呢！）

水潭的附近有座洞窟，上頭掛了個牌子寫著「餐廳」。

「餐廳……這是什麼意思？」

健太感到不解，心裡想著這裡大概是可以用餐的地方吧？

「會是不久前電視節目上介紹的那種洞窟餐廳嗎？」

健太的肚子咕嚕咕嚕的叫了起來，他像是受到誘惑般，搖搖晃晃的踏入洞窟。

進入洞窟後，健太發現裡面空蕩蕩的。

洞窟頂上裝了許多照明設備，除此之外空無一物。

「沒有桌子也沒有椅子……這間餐廳倒閉了嗎？」

就在這時——

「咕哈哈……」

洞窟深處隱約傳來可怕的笑聲。

（那是什麼聲音？有人在裡頭嗎？）

健太小心謹慎的往前走。

「咦？」

健太被眼前景象嚇了一跳，停下腳步。

洞窟深處的黑暗中，兩顆發出紅光的眼睛緊盯著他。

「哇啊——」

健太想要逃走，腳卻不小心絆到，當場跌了個四腳朝天。

正想起身時，一個輕飄飄的黑影浮現，那是一個有著紅色眼睛的神祕生物。

「這、這、這是……」

「牛鬼」兩個字迅速浮現在健太腦海。

雖然只看到模糊的輪廓，但面前這個生物的個頭像牛一樣，頭上還長著兩隻鬼角。

「怎麼辦？要是影子被吃掉的話，我就要死掉了！」

健太害怕到渾身顫抖。

「求、求求你，別吃掉我的影子……」

健太雙腳發軟，但還是奮力站了起來，低頭看向自己的腳。

他的影子從腳下長長的延伸出去。

「太好了！我的影子還在。」

健太看向洞窟深處，那對紅色的眼睛此刻依舊瞪著他，像是要搶走他的影子大口吞噬。

（冷、冷靜下來！這個時候我應該怎麼做？冷靜下來啊！）

手足無措的健太拚命的動腦思考。

（有了！恐井老師說過，遇到牛鬼時只要說出與事實相反的事，就能得救。）

健太著急的想要說出與事實相反的事——

「那個、那個……要說什麼?樹葉流動!石頭下沉!」

健太太過慌張，反而說出正確的事實。

「愚蠢的傢伙!」

牛鬼發出尖銳的笑聲後，四周瞬間漆黑一片。

健太嚇到不敢出聲。

(真實……美希……快來救救我!)

他在心中呼喊著真實和美希。

不一會兒，洞窟裡重新恢復明亮。

「呼……得救了。」

健太大大的鬆了一口氣，低頭看向自己腳下，原本放鬆的心情立刻像是墜落冰窖。

「我的影、影子不見了！」

剛才從腳底延伸出去的長影子，此刻已消失無蹤。

「你的影子被我吃掉了！」

牛鬼再次看向健太，放肆的高聲大笑。

「怎麼會這樣！我不要！我、我……哇啊——」

健太的哭叫聲繚繞在整個洞窟。

健太一邊喊叫，一邊連滾帶爬的跑出洞窟，終於看到真實和美希迎面走來。

「健太，你怎麼了？怎麼一臉快要哭出來的樣子？」

「真實……美希……我不行了……我快要死了！」健太跪倒在地。

「我的小豬撲滿裡有三百八十二元，全都留給真實。另外，《妖怪偵探妖怪君》的漫畫送給美希……那些都是我的寶物，你們一定要好好珍惜。」健太認真的說。

「喂！健太，冷靜點。」

「究竟發生什麼事？你可以把事情的經過從頭到尾交代清楚嗎？」

在真實催促下，健太娓娓道出自己遇到牛鬼和影子被吃掉的過程。

「我確定進入洞窟時我的影子還在。接著，在一瞬間變暗又變亮之後，我的影子就消失了……」

「你說……洞窟曾經剎那間變暗又變亮？」真實思考了一下，「原來如此。」

真實淺淺一笑，推了推眼鏡。

「我需要驗證一下我的假設是否正確。我們進去洞窟裡瞧瞧吧！」

真實充滿自信的說。

「什麼？」

想起才剛經歷過的恐怖遭遇，健太對於「要不要再進去一次」感到猶豫。

但是，真實已率先走向洞窟，健太只好心不甘情不願的跟著美希，快步追上真實。

三人走進健太剛剛遇到牛鬼的洞窟。

一進入洞窟，真實抬頭仰望上方。

洞窟頂部裝有一盞大燈，以及圍成一圈的十盞小燈。

「果然！我想得沒錯。」

真實環視一圈後，說：「影子是不可能被吃掉的。這一切都是假扮牛鬼的犯人所使用的詭計，他只是讓影子消失了。」

「詭計？消失？」健太一臉困惑。

「提示就在產生影子的『光源』。你想想看，影子是在什麼時候出現的？」

解謎篇

真實、美希和健太繼續前進。

洞窟深處的確如健太所說，有個張著紅色大眼的可怕妖怪。

「哇啊——妖怪出現了！」

「啊——」

健太和美希發出慘叫聲。

「你們看清楚！那是假的。」

聽到真實這麼說，健太仔細看了看前方的妖怪，發現所謂的牛鬼不過是個用保麗龍做成的道具。

保麗龍塗成了黑色，眼睛的部分被挖空，裝上了紅色的燈泡，在暗處就像是個黑色的怪物。

「妖怪的眼睛閃著紅光……就是因為這個紅色的燈泡？」健太操著幾乎要虛脫的聲音說。

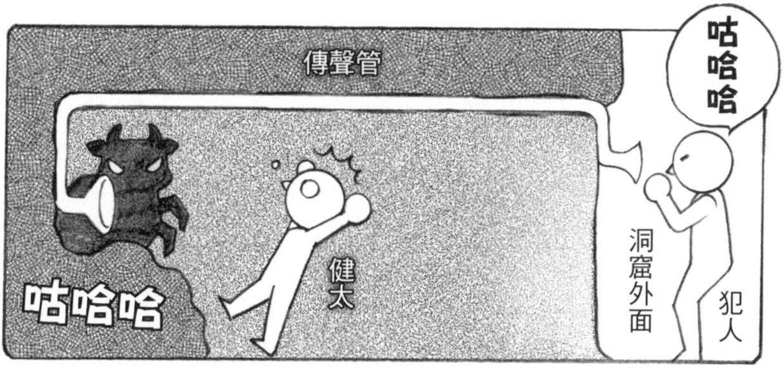

「沒錯！牛鬼的說話聲則是透過這個傳聲管*來發送。」真實指著洞窟深處，一個開口呈喇叭型的管子說。

三人循著那條真實稱為「傳聲管」的管子往外走。

傳聲管從洞窟內延伸到洞窟外，管口末端就在洞窟的入口附近。

入口這端的管口也呈喇叭型，並且設置在一個大人能夠湊近說話的高度。

「我知道了！犯人假裝是牛鬼從這裡發出

*透過「傳聲管」來傳遞聲音，聲音的能量散失較少，可以將聲音傳到更遠的地方，通常設於工廠或船隻上，做為聯絡用途使用。

聲音，透過傳聲管的傳送讓洞窟深處的人聽見，對吧？」健太說。

真實點點頭，「至於讓影子消失的……恐怕是這兩個開關。」

真實指著洞窟外，傳聲管附近的兩個開關。

「犯人應該是利用開關來控制洞窟內的照明，藉此操控影子。」

「操控影子？這是什麼意思？」

「我來示範『犯人是如何辦到的』吧！你們待會兒注意看。」

健太和美希聽從真實的指示回到洞窟裡。

健太抬頭仰望裝著一盞大燈與十盞小燈的洞窟頂部。

此時，唯一的一盞大燈正亮著，十盞小燈黯淡無光。

在大燈燈光的照射下，健太和美希的腳下都出現一道長長的影子。

站在洞窟外的真實透過傳聲管呼叫健太和美希：「等一下我會操作

開關，你們注意洞窟上頭燈光的變化，以及變化發生時，你們的影子有什麼改變。」

「收到！」健太和美希齊聲說。

真實先按下其中一個開關。

洞窟入口處的一塊黑幕自動降下，大燈旋即熄滅，洞窟內瞬間變得伸手不見五指。

真實又按下另一個開關。

洞窟頂部的十盞小燈全數亮起，洞窟內再次恢復光亮。

健太和美希低頭一看——

「啊！我們的影子不見了！」

「和我剛剛看到的一樣！」

美希和健太望著腳邊，六神無主的大叫著。

影子出現了！

只有一盞大燈亮起時，光被物體遮住，在物體的背後形成了影子。

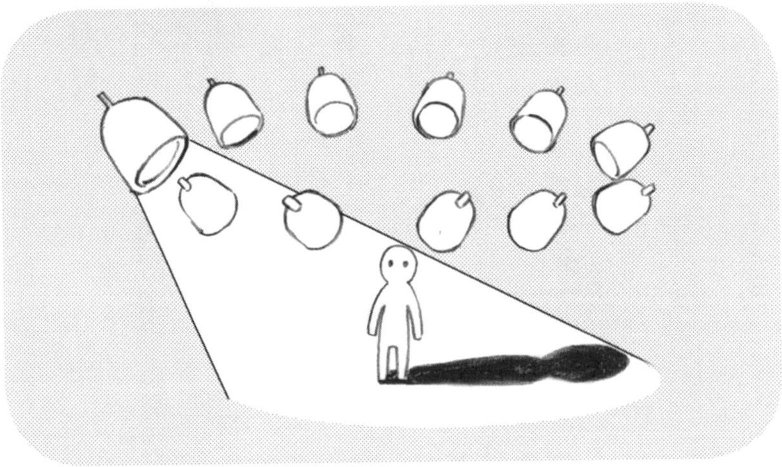

影子不見了！

十盞小燈亮起時，燈光從四面八方照向物體，形成的影子因為對面的燈光照射而看似消失。

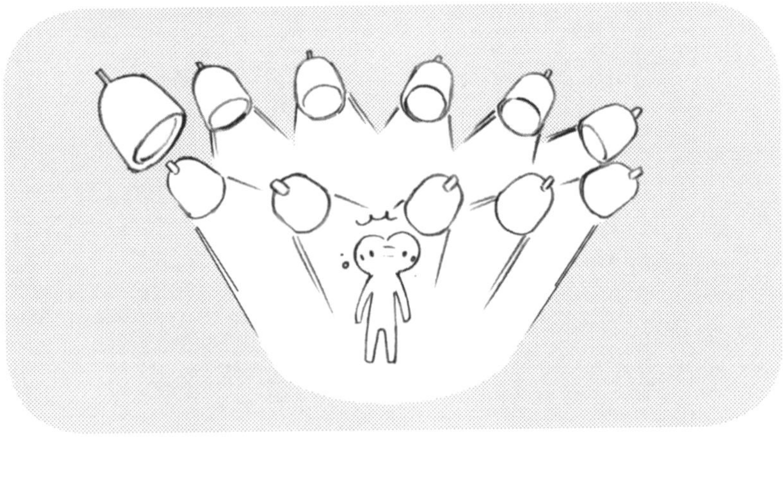

「有光的地方就有影子。因為物體遮住了光，就會形成影子。」真實一邊說一邊走進洞窟。

「但是，當許多盞燈同時照向一個物體時，影子被其他燈光照射，就會看似消失。」

「原來是這麼一回事！」健太佩服的點點頭。

「很了不起吧！我的粉絲們。嗨咖．阿嘎嚕和謎野真實解決了妖怪牛鬼之謎唷！」

真實、健太和美希身後傳來熟悉的聲音。

他們轉頭望去，原來是嗨咖．阿嘎嚕拿著攝影機一邊自拍一邊興奮的說話。

「牛鬼的真正身分就是讓影子消失的『光』。光遇到遮蔽物而形成的影子，會因為其他光的照射而消失，看起來就像影子被妖怪牛鬼吃掉了一樣。」

「喂！你憑什麼未經許可就把謎野真實當成搭檔，還把功勞全攬在自己身上？」

憤怒的美希走近嗨咖．阿嘎嚕。

「哎呀！喂！快讓開，別妨礙我！」

「你說什麼？」

「我好不容易才拍到的好畫面！除了謎野真實，你們這兩位助手也完美入鏡了唷！」

「你該不會是一路跟蹤我們，還偷拍吧？」美希挑高眉毛，充滿怒氣的質問。

「算是吧！」嗨咖．阿嘎嚕毫無歉意的回答。

「怪不得我一直覺得有人在盯著我們，原來不是幻覺。」

健太總算找到答案。

「你這樣做是侵犯我們的肖像權！我要沒收你的檔案。」

美希試圖搶下嗨咖・阿嘎嚕手中的攝影機，卻被嗨咖・阿嘎嚕轉身閃過。

「好的！嗨咖・阿嘎嚕在山風村為各位獻上這支影片。粉絲們，我們下次再見嘍！」

嗨咖・阿嘎嚕關掉攝影機的電源。

「好了！我得立刻編輯、上傳影片才行。再會！」

嗨咖・阿嘎嚕說完，飛也似的離開。

真實、健太和美希回到矢戶田旅館時，村長滿臉笑容的在大廳迎接他們。

「真實，我聽晦咖．阿嘎嚕說了，你們合力揭穿了妖怪牛鬼之謎，對吧？你真是我們村子的救世主。」

「我只是解開了一個謎團而已。」真實冷冷的說。

村長萬分感激、緊握真實的手說：「就算只是解決了一個妖怪引起的騷動，對村子來說也是很重要的一步。謝謝！謝謝你！」

當天晚上，村長招待了真實、健太和美希一頓豪華豐盛的大餐當作謝禮。

「我也要向你們道謝。」繼男對真實一行人說。

多虧他們解決了牛鬼之謎，那位因為遇到牛鬼而暈倒的釣客總算能夠安心返家。

三人一邊享用美味料理，一邊猜想引起妖怪騷動的犯人到底是誰。

「犯人假裝有妖怪出沒，目的是要讓村民和旅客感到害怕……究竟是誰？他有什麼目的？」健太說。

「犯人一定就是嗨咖．阿嘎嚕！那傢伙有過自導自演、編造靈異現象的前科！」美希氣呼呼的說。

跟蹤真實一行人前往洞窟的嗨咖．阿嘎嚕，確實有機會暗中操控洞窟內的照明。

忿忿不平的美希始終認為嗨咖．阿嘎嚕心裡有鬼。

他們之中唯有真實不發一語，默默的吃著晚餐。

「真實，你覺得呢？」美希忍不住開口詢問。

「我現在還沒辦法說些什麼。」真實說。

這個村子裡，似乎有不少人都有製造妖怪騷動的動機。

然而，目前手邊的資訊仍缺乏關鍵性的證據，也還不清楚犯人究竟是誰……

2

SCIENCE TRICK DATA FILE

科學詭計檔案

操控影子的燈光

本章節所介紹「燈光從多個方向照射時，影子會消失」的原理，廣泛運用在我們周遭的許多場合。

最具代表性的就是醫院手術室裡使用的「手術燈（無影燈）」。因為燈光照射下不會形成影子，醫生動手術時，患部就不會被影子遮蔽而看不清楚。

手術燈（無影燈）
燈光來自多個方向，避免形成影子的一種照明設備，經常在醫院的手術室或牙科診所等場所使用。

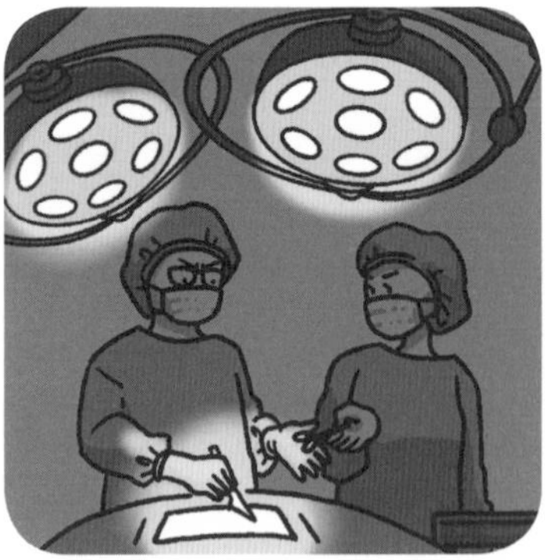

舞臺化妝鏡
有些化妝鏡也會裝上許多燈，打造出與舞臺類似的條件。

舞臺演員使用的化妝鏡也運用了相同的原理。

舞臺上有來自四面八方的照明燈，因此演員臉上不會出現影子，此時若按照一般方式化妝，五官在燈光的照射下便會顯得扁平。所以演員會使用裝有許多盞燈的化妝鏡，打造出與舞臺相同的條件，這樣才能化出即使沒有陰影也能突顯輪廓的妝容。

A：像是棒球場或足球場的夜間照明，都是運用這個原理。

妖魔之村 3

暴怒的車輪怪事件篇

「早安！真實。今天天氣很好呢！」

一大早，真實在旅館的走廊上遇到了繼男，繼男主動上前打招呼。

「旅館突然這麼多人入住，這還是我回到這裡後，第一次遇到。」繼男開心的說。

旅館住宿的房客除了真實一行人，還有嗨咖．阿嘎嚕、恐井恐子和完全寺滿夫。

「回到這裡？你以前在其他地方工作嗎？」

「呃……我大學畢業後，曾在東京工作過一段時間，那是份有趣的工作。不過，半年前家父因病逝世，我便回到村子裡繼承旅館，但我一直不怎麼習慣這份工作……」繼男苦笑著說。

「真實，我們不用擔心了！」

健太興奮得跑了過來。

「不用擔心？不用擔心什麼？」

「妖怪啊！完全寺大師說只要有這個，就算遇到妖怪，也不怕遭受攻擊。」

健太秀出上頭寫著「安心」兩個字的符咒。

「哦，這個就是安心符嗎？我還是第一次近距離看到。」繼男盯著符咒猛瞧。

「完全寺大師雖然看起來有點可疑，

但他人超好的！這個安心符即使是特別優惠也要五千元，他卻給了我一張免費試用。」

「他是打算免費送你一張，接下來你就會願意掏錢出來買，這才是他的目的吧！」

「咦，是這樣的嗎？」

「健太，這世上本來就沒有妖怪。你忘了嗎？妖怪牛鬼不就是有人在裝神弄鬼？」

「話是那樣說沒錯啦……」

「搞不好會有其他妖怪出現喔！」

突然有人說話，打斷了真實和健太。

美希不知道從什麼時候起就出現在他們身旁。

「我發現一件驚人的事！」美希邊說邊拿出四本漫畫。

那是恐井恐子的「妖怪偵探妖怪君」系列。

「美希，這些漫畫怎麼了嗎？」

「健太，你不是說你讀過好幾遍了？你都沒有注意到嗎？」

「注意到什麼？呃……你是說『妖怪君超帥的』這件事嗎？」

「當然不是！健太，你看這裡。」

美希指著《妖怪偵探妖怪君》第一集封面的副標題。

「怪異！山姥姥出沒的旅館！」健太大聲念出封面的文字，「這標題怎麼了嗎？」

「好吧！你再看看這邊。」

美希有點無奈的把第二集的封面遮上前，上面的副標題寫著「恐怖的牛鬼」。

「美希，你到底想說什麼？」健太一頭霧水，不知道美希葫蘆裡到底賣什麼藥。

「呃……你的意思是，你們來到村子之後，遇到的都是這套漫畫裡的妖怪？」繼男說。

美希點點頭。

「看過漫畫後，我還發現妖怪出現的情況和我們的遭遇十分類似。

我原本懷疑這一切都是嗨咖．阿嘎嚕搞出來的，但現在我大膽的猜測，搞不好恐井老師才是製造妖怪騷動的犯人。」

「怎麼可能！」健太不可置信的大喊。

不理會健太的失控，美希繼續往下說：「《妖怪偵探妖怪君》一共推出了四集，也就是說，我合理的推測……村子裡還會出現後面兩集的妖怪。」

第三集封面畫著一個在燃燒的車輪中央，長相可怕的男人臉妖怪，副標題是「死之輪入道」；第四集的副標題則是「凍結一切的雪女」。

「什麼？你說接下來還會出現『輪入道』？你們有聽過『輪入道』嗎？他是一個帶著淘汰牛車*怨念的妖怪，聽說看到他的人……就會死

*牛車：有頂棚、靠牛拉動的車，是日本平安時代（西元七九四至一一八五年）貴族乘坐的交通工具。

掉！」健太的聲音顫抖著。

真實沒有回應害怕的健太，只是定睛注視著漫畫。

「我認為我們最好是盯緊恐井老師。聽說她今天晚上打算和嗨咖・阿嘎嚕前往村郊的山丘。」美希說。

「村郊的山丘？他們為什麼要去那種地方？」健太稍稍冷靜後疑惑的說。

「嗨咖・阿嘎嚕說想去拍影片。好像是因為他的社群網站收到匿名發文——今晚輪入道會出現在山風村的山丘上。」美希和大家分享她獲得的資訊。

「這是預告嗎？」

「我也不清楚。但是恐井老師知道後，也說想去看妖怪，所以和嗨咖・阿嘎嚕約好，一起去拍片。」

「真實，我們也去看看吧！順利的話，或許可以找到證明誰是犯人的線索或證據。」

「證據啊……」

真實想了想，看向美希和健太。

「好！我們也去看看吧！」

當天晚上，真實、健太和美希出現在旅館玄關。

「哇！謎野真實也來了，真是超嗨的驚喜。」

嗨咖·阿嘎嚕一邊操作攝影機，一邊興奮的強行握起真實的手。

「嗨咖·阿嘎嚕和謎野真實這一對名偵探搭檔，將要挑戰傳說中的妖怪『輪入道』，各位一定非常想看吧！」嗨咖·阿嘎嚕自顧自的對著攝影機說話。

「嗨咖・阿嘎嚕已經把『破解牛鬼之謎』的影片上傳，賺到不少流量。我看過了，他把影片剪接得好像謎團是他一個人解開的一樣。」美希小聲的對真實和健太說。

「真沒想到他竟然會做出這種事……」

「他這個人還是沒有改掉

『喜歡捏造事實』的惡習。嗯……這麼一想，嗨咖・阿嘎嚕果然很值得懷疑。」美希說。

「久等了。」

一位身穿和服、手撐油紙傘、頭戴鬼角貝雷帽的女人從玄關的另一頭走來。

她是恐井恐子。

恐子看向真實說：「謎野真實，我聽繼男說你也會來。這是我們結識的紀念。」

恐子遞上一張簽名板，上面畫著恐怖風的真實人像畫。

「太棒了吧！是恐井老師的親筆畫。」健太忍不住大叫。

「這是給你的禮物。」

「呃，謝謝您。」

真實收下人像畫後，恐子露出詭異的微笑。

「很好！恐井老師也來了。我們就很嗨、很嗨的出發吧！」持續拍攝影片的嗨咖·阿嘎嚕吆喝著。

「等一下！」

完全寺滿夫突然快步衝向他們。

「我聽說你們要去找輪入道。既然這樣，你們會需要這個。」

滿夫從懷中拿出一疊符咒。

「啊！是安心符。」

這些符咒全都和健太白天時拿到的一樣。

「有了這個，包準你們安全又安心。優惠價一張五千元，我願意給你們更超值的價格，一張只要五百元！」

「咦，只要五百？也太划算了吧！」

「一點也不划算好嗎？」美希瞪大雙眼看著滿夫。

「我們不需要那種東西！」

「我也不需要。連符咒都出現，可就一點都不嗨了！」嗨咖·阿嘎嚕附和著說。

「我也不需要。」恐子說。

「千萬別嘴硬。真的不需要嗎？到時你們的後代子孫全遭受詛咒，我可不管！」

看到眾人沒有反應，滿夫轉而拚命勸說：「不然，兩張五百。不！五張算你們五百元就好！」

可是，依舊沒人理睬。

真實、健太、美希連同嗨咖．阿嘎嚕和恐子拋下滿夫，出發前往村郊的山丘。

「咕——咕——」

某處傳來貓頭鷹的叫聲。

通往山丘的路上一片漆黑，沒有半點燈光。

今晚是滿月，厚重的雲層遮住了月亮，大夥只能仰賴手電筒，才有辦法看清腳下的路。

「我開始覺得有點害怕了……」健太緊握著安心符說。

「山丘就在前方，再一下就到了。健太，快拿出你的幹勁來。」

「幹勁嗎？話說回來，有件事我想問問我的搭檔真實。你覺得那個匿名發文是惡作劇嗎？」嗨咖．阿嘎嚕看著攝影機說。

「我怎麼會知道。」真實說完，看了看四周。

村郊這一帶的樹木鬱鬱蒼蒼，十分茂密。

「這附近真令人感到不舒服。」美希說。

「但……倒是很像輪入道會出現的氣氛。」

「啪滋！」

健太靠近美希時，手不小心碰到了美希的袖子，響起小小的聲響。

「好痛！」健太喊出聲。

「啊！是靜電嗎？」

「嗯，手麻了一下，嚇我一跳。」健太伸出仍感到有點刺痛的手。

「看來……空氣很乾燥呢！這樣的日子，輪入道也會熊熊燃燒吧？呵呵。」恐子嘴角露出寓意不明的微笑。

美希直盯恐子，彷彿在看著什麼可疑人物，沒想到原本微笑的恐子突然睜大眼睛。

「那裡有東西……」

眾人看向恐子手指指向的密林方向。

「嘎沙、嘎沙、嘎沙……」

林中的樹木大幅搖晃。

下一秒，似乎有個東西從樹林裡蹦了出來。

「啊！輪入道出現了！」健太連忙躲到真實身後。

「原來……輪入道真的存在！」

美希立刻拿起相機，準備隨時按下快門。

「真實，我們必須快點把符咒撒出去！」健太顫抖著說。

「冷靜點，那個不是輪入道。」真實注視著樹林。

健太和美希趕緊拿起手電筒，照向從樹林裡冒出的那個物體。

「你們幾個！這種時間在這裡做什麼？」

站在那裡的，是真實、健太和美希曾遇到的山中大叔——山尾守。

他準備上山，回到山中小屋。

「都幾點了！晚上別在這附近亂晃。快回去！」

「哎呀！你為什麼要說這些讓人感到不嗨的話？我嗨咖·阿嘎嚕和大家正在找那個妖怪『輪入道』呢！」

「你說『輪入道』？你在開什麼玩笑！」

「才不是開玩笑，妖怪真的存在喔！」恐子再次露出奇怪的微笑。

「你的那個表情是怎樣？為了滿足好奇心而跑來找妖怪嗎？你們的

行為可是會惹怒山神！夠了！你們都給我滾回去。」山尾守大吼著想要趕走嗨咖．阿嘎嚕一行人。

「咦？」

真實凝神看向前方隱約可見的山丘。

山丘上有棵大樹，旁邊還有條小河。

「那是……」

真實逕自朝山丘的方向跑去。

「我不是叫你們滾回去嗎？」

山尾守追上前，試圖阻止真實。

「真實，怎麼了？你發現了什麼？」

健太他們也跑了過來。

真實將手電筒的光照向山丘上的大樹，眾人也順勢看過去。

大樹旁好像有個東西。

「那是什麼？」嗨咖‧阿嘎嚕把手電筒照向那邊。

大樹旁有個男人。

不！那是一張男人的臉，他狂放且可怕的大笑著。

眾人還來不及做出反應時——

「喀隆！」
男人的臉居然上下
顛倒了！
眾人齊聲慘叫。

哇
啊
啊
啊

美希嚇得往後退了好幾步，不小心撞上嗨咖．阿嘎嚕。

「啊！」

美希的相機和嗨咖．阿嘎嚕的攝影機全掉進樹叢。

「喂！你搞什麼啊！」美希怒氣沖沖的說。

「有沒有搞錯，撞人的是你吧？」嗨咖．阿嘎嚕生氣的回應。

「美希，現在不是吵架的時候。大樹旁的那個人是誰？山尾先生，那是你的朋友嗎？」

「我怎麼會知道！他不是你們認識的人嗎？」

「我們不認識那個人啊！」

健太慌張的看向大樹旁的男人。

這時，滿月從雲間顯現，月光照亮那個男人的臉。

一個牛車的車輪——男人的臉竟黏在車輪的正中央！

「輪入道！」健太瘋狂的大叫。

「大家不可以看！看了你們會死掉！」

健太伸手遮住了自己的雙眼。

「咕嚕！咕嚕！咕嚕！」

車輪從山丘上滾了下來。

車輪正中央的那張臉始終帶著可怕的笑容，並跟著車輪旋轉。

「別過來啊！」美希緊緊抓住健太的手臂。

輪入道掛著笑容，滾啊滾的滾到山腰。

「那是假的！真正的輪入道有火焰包圍。」恐子不以為然的說。

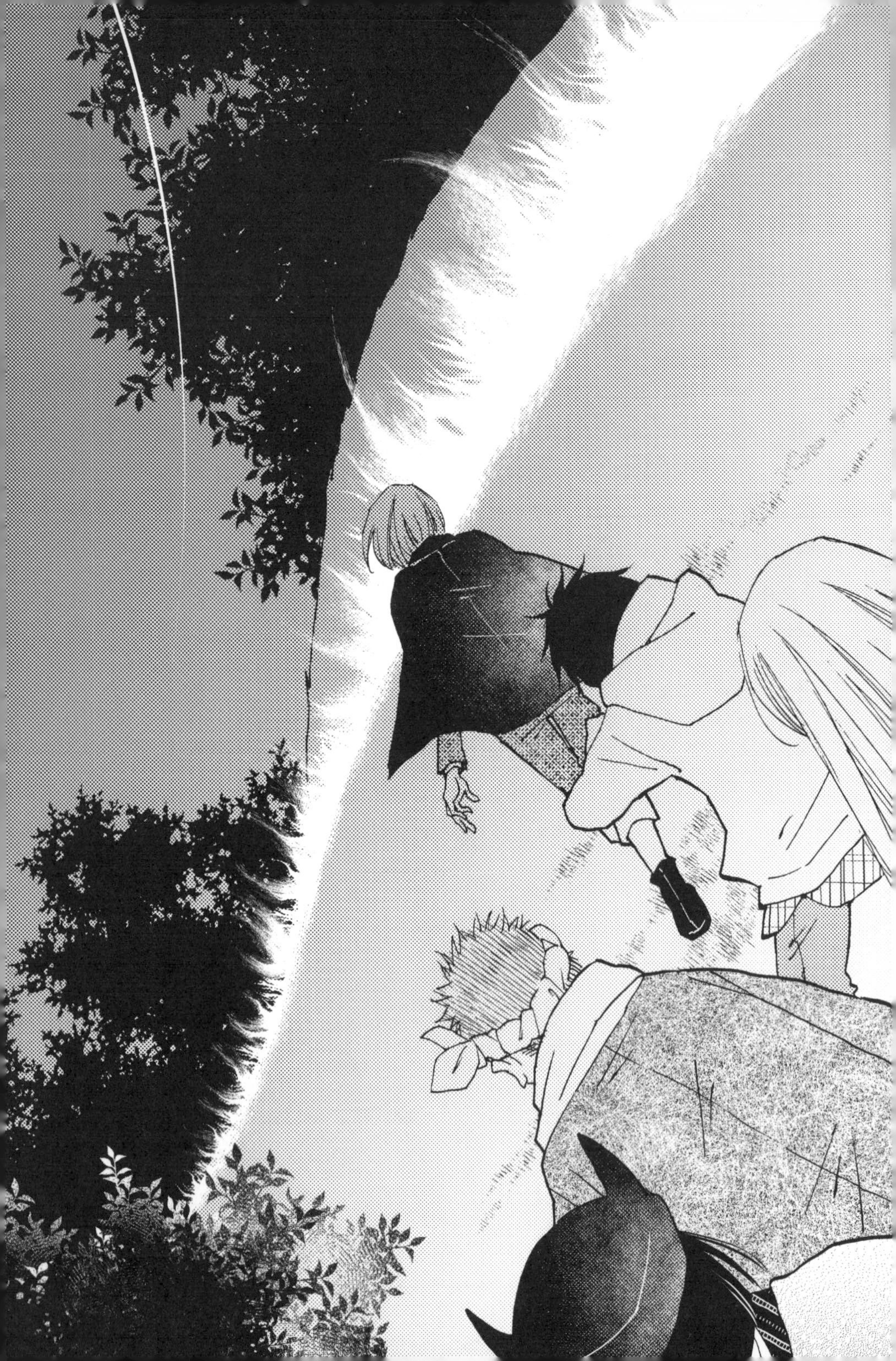

豈知話才剛說完——

「啪滋！」

剎那間，輪入道滾過的地面燃起火焰。

「轟！」

火焰一眨眼形成火牆，擋在真實一行人面前。

「這……」

「這是怎麼一回事？這道火焰又是怎麼來的？」

「這世上果然有輪入道存在！」

真實站在驚訝的山尾守與不斷呻吟的健太旁，緊盯著火焰。

過了一會兒，原本熊熊燃燒的火勢逐漸變小，慢慢熄滅。

「輪入道呢？」

眾人看向周遭，尋找輪入道的蹤跡。

然而，輪入道卻像一陣煙霧般的消失無蹤。

「我們真的遇到輪入道了嗎？」

「超嗨的啦！」

「我第一次看到真正的妖怪！」

大夥雖然感到害怕，卻也非常興奮。

不同於大家的反應，真實專注凝視著火焰消失的山丘。

「哎呀！昨天真是嗨到最高點。」

隔天一早，嗨咖．阿嘎嚕一行人昨晚遇到輪入道的事，在村子裡引起熱烈的討論。

嗨咖．阿嘎嚕臨時起意要做一場直播，於是拿起攝影機到處拍攝。

「遺憾的是……我和一起去的人相撞，弄掉了攝影機，沒拍到輪入道的真面目。不過，我看到真正的妖怪了，真令人驚訝！各位，你是不是覺得很厲害呢？」

嗨咖‧阿嘎嚕對著攝影機說話，越講越興奮。

影片的瀏覽人次不斷增加，嗨咖‧阿嘎嚕對此感到十分滿意。

恐子窩在旅館的房間裡畫漫畫，昨天發生的事給了她許多靈感。

「很好！太棒了！呵呵呵。」

恐子在紙上描繪出帥氣的輪入道，標題寫著「戀愛、火焰、輪入道大叔」。

另一方面，滿夫把村民集合到廣場。

「昨晚真的出現妖怪了！毫無疑問，這個村子受到了詛咒。但是，請各位放心，我一定會在這裡陪著大家並幫助大家。只要持有這個安心符，就完全不用擔心！從現在起，每張特價五千元，兩張折扣價九千八百元！」滿夫拿出一整疊的符咒，對村民們宣傳符咒的效力。

同一時間，真實、健太和美希再次來到村郊的山丘。

「真實，我真的很害怕……據說看到輪入道就會死掉……怎麼辦？我們或許活不久了……」

健太徹頭徹尾的認為，昨晚看到的那個輪入道是真正的妖怪。

真實沒有回應健太，兀自查看輪入道曾經通過的地面。

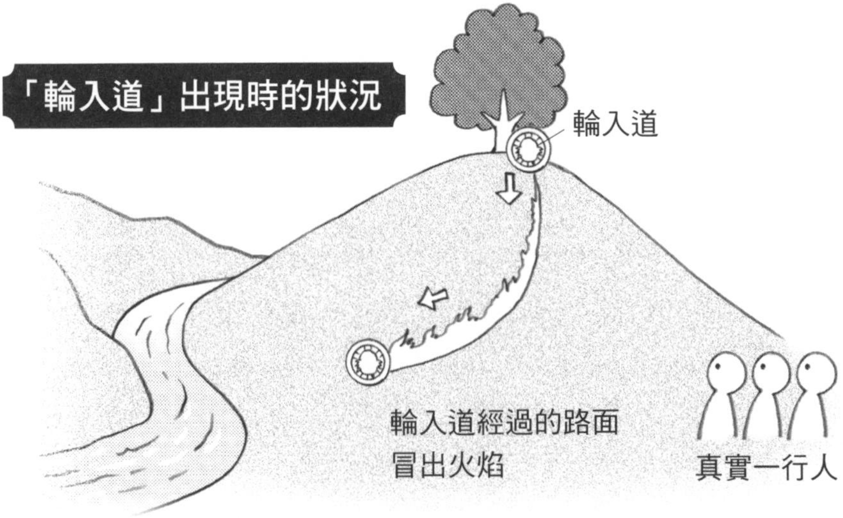

「這裡有股怪怪的味道……」健太害怕的說。

「什麼味道？我沒有聞到。」

「我的鼻子很靈敏。搞不好……我聞到的是妖怪的味道。」健太魂不守舍的說。

「味道嗎？」

真實深深的吸了幾口空氣。

「這是……石油醚的味道。」

真實環視四周。

「石油醚非常易燃，遇火就會燃燒。可是，昨晚並沒有看到引燃石油醚的火……這是怎麼辦到的？」

真實獨自陷入沉思，健太和美希則在旁邊繼續討論。

「我不只鼻子靈敏，耳朵也很靈，我記得昨晚的那個時候，我還聽到奇怪的聲響……」

「什麼奇怪的聲響？車輪滾動的聲音我也有聽到。」美希不以為意的說。

「不是！在起火的前一秒，我聽到『啪嘰』一聲。」健太非常肯定的說。

真實聽到健太這句話，突然想到了什麼，他彎下腰手按地面，好像在尋找某個東西。

「有了！」

真實在昨晚最先出現火焰附近的地面上，找到了一根插在地上的小金屬線。

「原來是這麼一回事！」

「那是鐵絲嗎？為什麼地上會有鐵絲？」

「真實，你有答案了嗎？」

美希和健太你一言我一語的詢問真實。

「沒錯！那個所謂的妖怪『輪入道』果然是犯人的詭計。」

真實站起身，自信滿滿的看向健太和美希。

「這世上沒有科學解不開的謎團。我已經知道犯人是如何在沒有火的地方製造火焰了！」

解謎篇

當天晚上，真實把嗨咖・阿嘎嚕、恐井恐子和山尾守集合到村郊的山丘前。

「哦？你已經解開了輪入道之謎？」嗨咖・阿嘎嚕態度輕蔑的說。

「那是真正的妖怪。」恐子始終相信這世上真的有妖怪存在。

「啊！一定是山神生氣了。我不是說了嗎？誰叫你們要因為好奇而進到山裡。」山尾守義憤填膺的說。

「那個並不是真正的妖怪。我現在就來重現昨天的景象，請各位好好瞧瞧。」真實說完後，打了一個響指。

山丘上有個東西出現在月光照亮的大樹旁，那是正中央有張男人臉的車輪。

「輪入道又出現了！」嗨咖・阿嘎嚕大聲嚷嚷著。

接著，輪入道和昨天一樣，滾啊滾的滾下山丘。

「啪嘰！」

輪入道通過的路面冒出火焰。

「出現了！我們昨天看到的就是這個！超不妙啊！超嗨啊！」

嗨咖・阿嘎嚕拿起攝影機對著輪入道拍攝。

「那裡有人！」山尾守看向山丘上的大樹喊著。

仔細一看，大樹旁站著的不是別人，而是健太。

「是我躲在大樹後面，把輪入道推出去的。」健太有點得意又有點不好意思的說。

「推？」山尾守一臉疑惑。

山丘上的火焰此刻終於熄滅。

遠處傳來熟悉的聲音。

「真實，我成功回收了！」說話的是美希。

她的腳邊就是那個剛剛出現大家眼前的「輪入道」。

「呼，要從河裡把這個東西撿回來，還真是累人……」

「謝了！美希。可以幫我把它拿過來這裡嗎？」

美希拿著輪入道回到眾人身邊，輪入道變得溼答答的。

山尾守上前看了看，「嗯？這個『輪入道』只是個道具嘛！」

美希手裡的這個輪入道，是個在車輪黏上保麗龍人臉的道具。

「沒錯！這是我和健太、美希趕工做出來的。這一切都是為了證明那個火焰是運用科學的力量製造的。」

真實開始說明犯人使用的詭計，「首先，在輪入道會滾過的路徑灑上石油醚。石油醚是種非常易燃的液體，只要出現一點點火花，就很容易起火。」

「一點點火花？那時有火花出現嗎？我可沒有看到。」嗨咖．阿嘎嚕回想昨晚的情況。

「火花？我當時也都瞧仔細了，可是……什麼也沒看到。」恐子應和著說。

「各位確實沒有看到火。因為——是犯人製造了火。」

真實下了結論，但眾人仍是一臉疑惑。

真實領著眾人，看向輪入道剛剛滾過的地面，那裡有根小小的鐵絲插在地上。

「犯人利用的是『靜電』。」

「靜電？」

真實把他們製作的輪入道道具遞向眾人，車輪內側是金屬的材質。

「犯人摩擦塑膠墊板等物品來製造靜電，再把靜電轉移到車輪內側的金屬部分，讓這裡帶電。」真實指著車輪內側。

「輪入道」的詭計

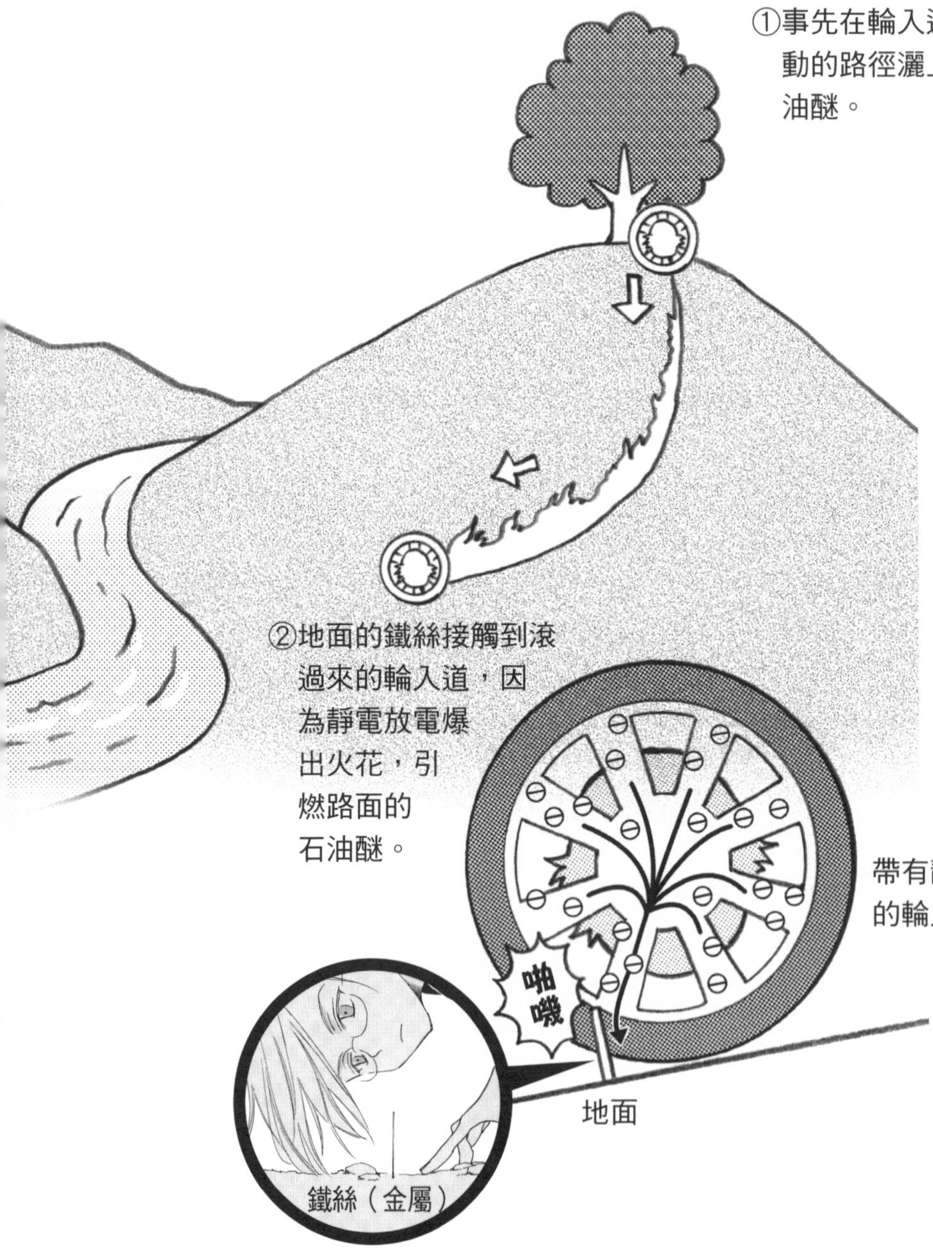
①事先在輪入道滾動的路徑灑上石油醚。
②地面的鐵絲接觸到滾過來的輪入道，因為靜電放電爆出火花，引燃路面的石油醚。
帶有靜電的輪入道
啪嘰
地面
鐵絲（金屬）

「輪入道帶著靜電滾動，在通過地面的鐵絲旁邊時，車輪內側的金屬部分接觸到鐵絲，原本累積的靜電一口氣轉移過去……」

真實站在地面鐵絲的前方。

「輪入道滾動時，健太聽到的『啪嘰』聲，就是金屬部分所帶的電流向鐵絲的聲音。」

「你說……那是電流的聲音？」

「附近的確有石油醚的味道。」

「也就是說……」

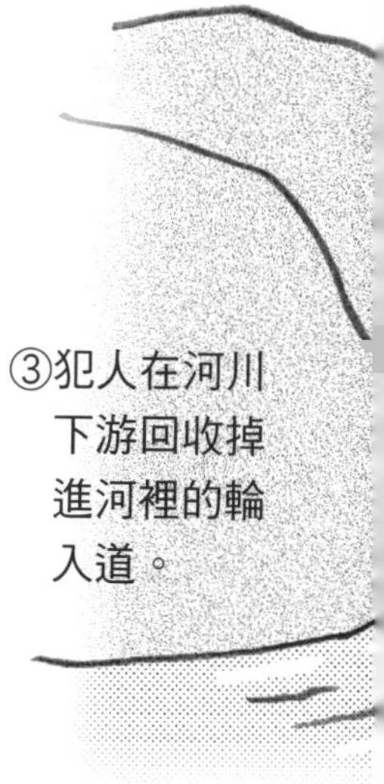
③犯人在河川下游回收掉進河裡的輪入道。

靜電產生的原因

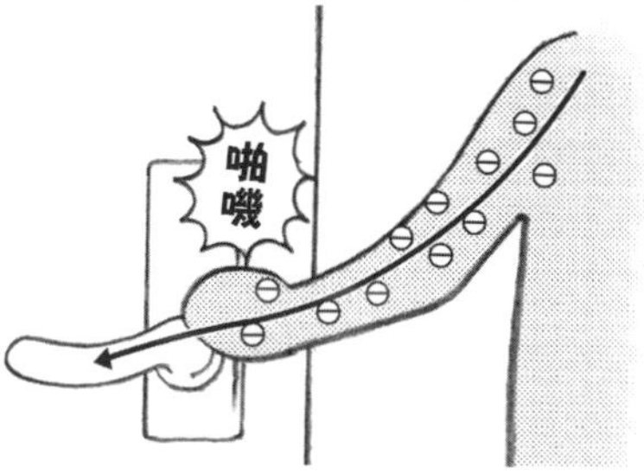
身體累積的電流向門把
啪嘰
容易導電的金屬門把

日常生活中，我們也會遇到與這個詭計類似的現象。像是冬天碰到門把等金屬物時，有時會發出「啪嘰」聲或冒出火花。

嗨咖・阿嘎嚕、恐子和山尾守同時看向真實。

「對！車輪碰到鐵絲的瞬間，車輪上累積的電一口氣轉移到鐵絲上而爆出火花。也就是這個火花，點燃了路面的石油醚。」

「原來如此，所以才會突然起火。而當路面的石油醚燒光時，火就會熄滅，對吧？但是，輪入道後來不是消失了嗎？他到哪裡去了？」

對於真實的解說，山尾守先是點頭表示認可，但又搖頭疑惑輪入道最終的去向。

「山尾先生，你知道山丘下有什麼嗎？」

「有什麼？那裡不就是條小河……啊！」

「沒錯！輪入道最後滾進河裡去了。車輪上面的人臉是用保麗龍做的，所以輪入道會漂流在水面上。」真實繼續往下說：「躲在山丘大樹後的犯人，小心翼翼的在黑暗中行動，再跑到河川下游把輪入道撿回來，避免有人看見。」

「你說什麼？究竟是哪個違法亂紀的傢伙在背後搞出這些事？」山尾守氣憤的說。

「嗨咖．阿嘎嚕澈底上當了。哎呀！超不嗨的。」嗨咖．阿嘎嚕故作沮喪的對著攝影機說。

「我還因此湧出許多創作的靈感……真叫人失望！」恐子感到意志消沉。

原本低頭沉思的美希看向真實，「這意思也就是說，當時和你、我還有健太待在一起的人，都沒辦法運用這個詭計吧？」

「是的！」

「那麼，當時不在場的人就有可能是犯人？」

真實沒有回答。他靜靜的抬起手抵住唇邊，陷入深深的思考。

3

SCIENCE TRICK DATA FILE

科學詭計檔案

靜電好好玩

周遭的物體皆有帶電，且帶有正、負兩種電，通常正電和負電的數量相同。

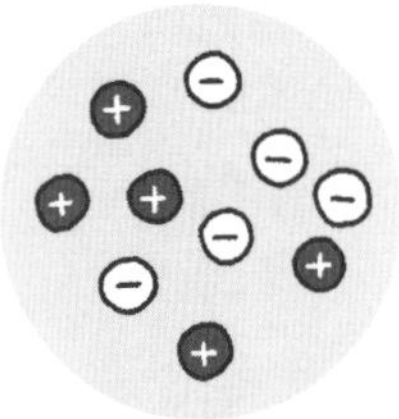

正電和負電的數量相同。

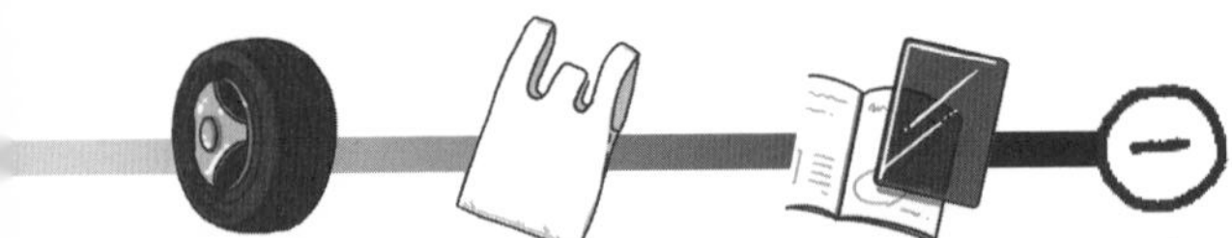

材質不同產生靜電的難易度也不同
容易累積正電的物體與容易累積負電的物體相互摩擦，就容易產生靜電，例如：聚氯乙烯（PVC）材質的墊板和頭髮，就是容易產生靜電的組合。

當兩個不同的物體相互碰撞時，負電會移動到吸引負電力道較強的一方，使得原本物體中正、負兩種電之間的狀態失去平衡。

正電比較多。

負電比較多。

這樣失去平衡的狀態就稱作「靜電」。

A：空氣乾燥時，就很容易產生靜電。

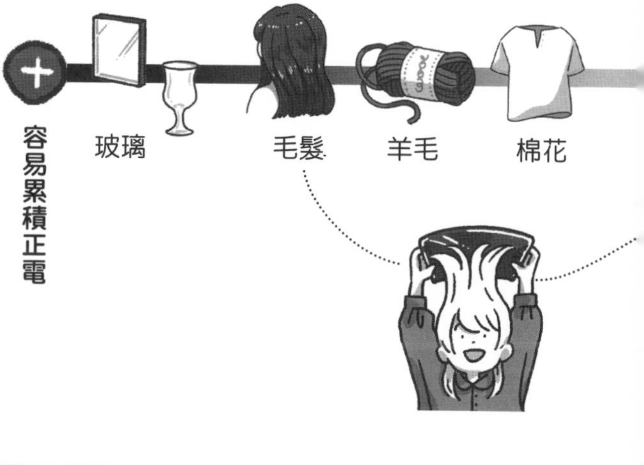

妖魔之村 4

吐出暴風雪的嬰兒

事件篇

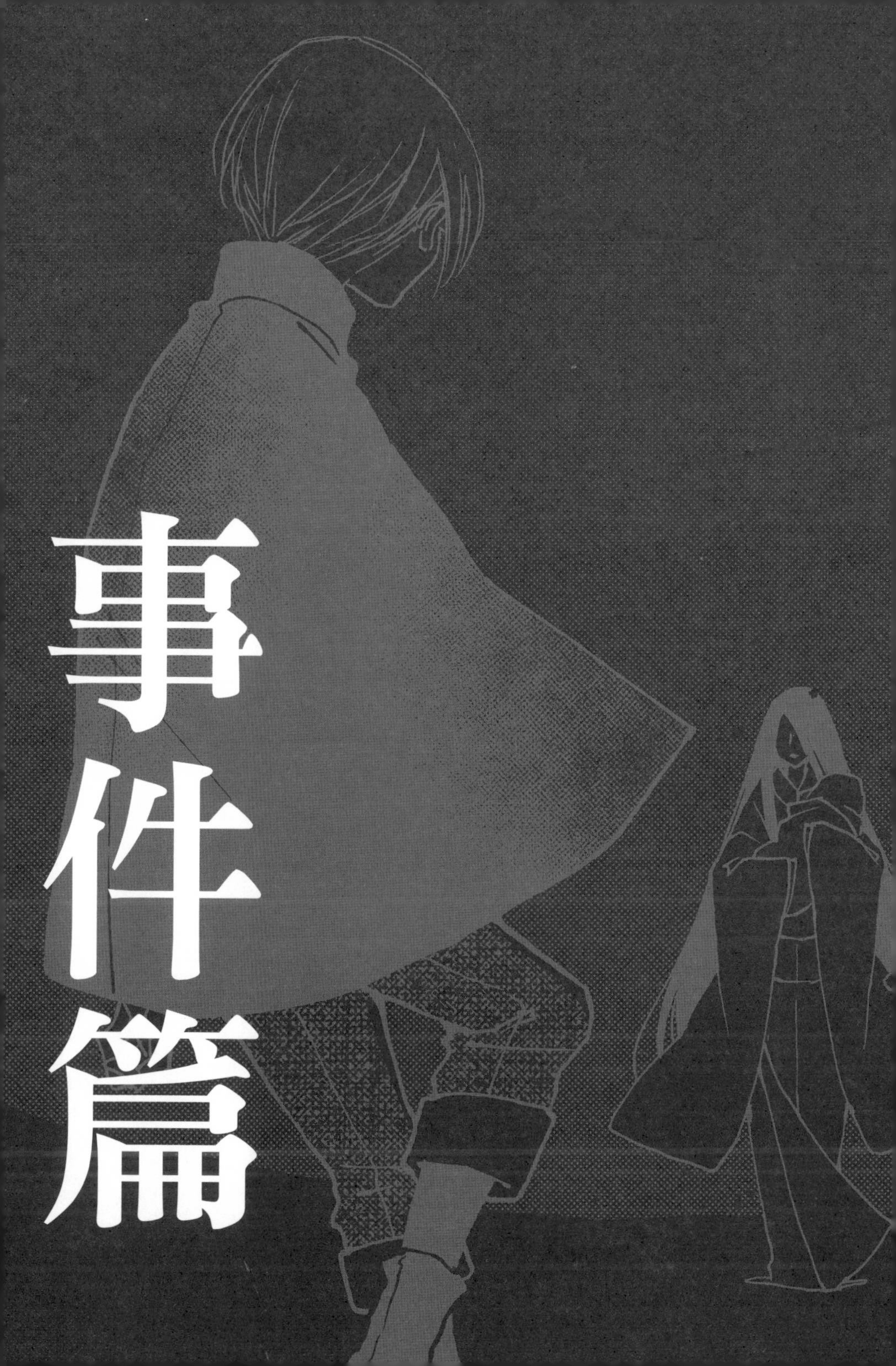

「輪入道事件」解決的隔天，天氣突然變得很冷。

「呼，好冷！」

「直到昨天都還是暖洋洋的春天，想不到今天又完全變回寒冷的冬天了。」

健太、美希和真實窩在矢戶田旅館大廳的暖爐前取暖。

村長一臉愉悅的來訪。

「真實，多虧有你們幫忙解決一樁又一樁的妖怪騷動，我真是不曉得該怎麼謝謝你們。來！這些請

你們吃，盡量吃，別客氣！」

村長帶仙貝來慰勞大家，要真實他們多吃一點。

美希一副精疲力竭、懶得動的樣子，健太倒是很爽快的伸手拿起仙貝，大喊：「開動了！」

「哎呀！你們願意享用，我真的很高興。如果你們能揪出引起這些騷動的犯人，那就更完美了。」村長說完，對真實投以期待的眼神。

「真實，你對於犯人是誰，已經有線索了吧？」

「不！還沒有。」

真實轉開視線。

「不對啊！你的臉上明明就寫著『我已經知道犯人是誰了』。稍微給點提示嘛……」

「我還沒掌握到關鍵證據，所以現在不方便透露。」

真實果斷的拒絕，避開村長的繼續追問。

「是嗎？我明白了。」

聽到真實的回答，村長只好作罷。

村長停頓了一下，重新打起精神，「其實我今天過來找你，是因為我在想……『那個』差不多要出來了。」

「哪個？」真實反問村長。

「村長，你說的『那個』是什麼？」

健太和美希同樣也很好奇。

「『那個』就是……雪女。」

「雪女？」

「像今天這樣冷冽的天氣，就是雪女出現的預兆。上次雪女也是在這種感覺不像春天的寒冷日子出現……」

「可是，雪女不是下雪才會出現嗎？」

「今天雖然很冷，但還不至於下雪吧？」

健太和美希感到不解，你一言我一語的提出疑問。

「不！在春初的這個時分，聳立在村子後方的風雪山那裡依然是白雪覆蓋。上一次雪女現身，正是在仍有殘雪的山頂雪原。」

「上一次指的是什麼時候？」真實問。

「大約一個星期前吧？一位獨自前來登山的年輕人在山上遇襲。」

「遇襲？」

健太和美希一臉詫異。

「那位遭到雪女攻擊的年輕人，現在還待在村子裡嗎？」

「他離開了。」村長搖搖頭。

「他在下山途中受了傷，被送進村裡的診所。不過很快就復原，沒多久就回東京了。」

「真可惜！我還以為可以找到目擊者問話。」真實喃喃自語，語氣中充滿了遺憾。

「啊！有了。」村長突然拍了一下大腿。

「你們去請教山尾先生，他或許知道詳情。」

聽說那個幫助受傷年輕人前往診所就醫的村民就是山尾守。

「咦，山尾先生嗎？」

那個一看到人就高聲怒吼「快點滾回去！」、討厭與人接觸的山尾先生也會幫助人？

健太感到十分驚訝。

「別看山尾先生那樣，他其實很善良。」

依村長所說，山尾守非常積極參與救助在山上遇難的旅人。

「而且他還是志工喔！」

「真想不到呢！」

「原來還有這些事。」

「只不過他對山比對人更有愛罷了！他不允許有人破壞山林，所以才動不動就罵人。」村長苦笑著說。

聽到這句話，真實、健太和美希也默默點頭表示認同。

聽完村長對雪女事件的敘述，真實他們準備動身上山，找尋與雪女相關的資訊。

他們的計畫是，先繞去山尾守位在山腰附近的山中小屋打聽消息，取得消息後，再前往傳說有雪女出沒的雪原。

三人準備妥當，正打算離開旅館時，老闆繼男叫住了他們。

「你們今天要去哪裡啊？」

「我們想去雪原，調查雪女的事。」健太說。

繼男訝異的說：「咦，只有你們三個嗎？」

「怎麼了？風雪山很危險嗎？」美希擔心的反問。

「這……通往雪原的登山步道修整得很完備，不算危險的山路。但是，這個時期山上仍有殘雪，只有你們幾個自己去，我有點擔心。」繼男邊說，邊看著他們身上的服裝。

「真實穿這樣還可以，至於健太和美希，我借你們這個吧！」

繼男拿出禦寒衣物和雪靴，交給輕裝打扮的兩人。

「真希望我可以幫忙帶路……不過，我必須去河邊釣魚，準備晚餐所需要的食材。」

「矢戶田」是家經營艱辛的旅館，為了撙節開支，客人享用的食材幾乎都是靠繼男自己親手捕捉。

「有那位女將在，繼男也很辛苦呢！」美希悄聲說。

繼男無奈的笑了笑，「嗯，總之你們小心點，別太逞強。」

繼男說完，目送真實他們離開旅館。

大約三十分鐘後，真實一行人來到山腳下的登山口。

他們沿著山路往上走，來到一條有著山毛櫸樹林的小徑。

真實、健太和美希在林木扶疏的小徑上繼續前進，氣溫隨著海拔越來越高而逐漸降低，地上陸續出現零星的殘雪。

他們在登山步道走了好一會兒，眼前出現一間山中小屋。

「那個該不會就是山尾先生的小屋吧？」美希說。

「嗯，我想應該是。」真實看著手上的地圖回應美希。

三人加快腳步，跑向小屋。

就在這時——

「滾出去！」

小屋裡傳來山尾守的怒吼聲，嚇了他們一跳。

緊接著大門「砰」的一聲打開，嗨咖．阿嘎嚕和完全寺滿夫從小屋裡跑了出來。

山尾守追在他們身後，抓起一把鹽撒向他們。

「滾！別讓我再看到你們！」

「是、是、是！明白了！」嗨咖．阿嘎嚕的語氣仍是那般輕蔑。

「臭老頭，到時候你受到詛咒，我可不管！」滿夫氣憤的說。

嗨咖．阿嘎嚕和滿夫完全不敵山尾守的來勢洶洶，丟下這兩句話就匆匆離開。

「那兩個人跑來這裡做什麼？」美希說。

健太小心翼翼的走近山尾守並開口詢問：「請問……剛剛發生了什麼事？」

「什麼！你問我發生了什麼事？」山尾守的口氣急躁，很明顯還在氣頭上。

原來嗨咖．阿嘎嚕聽說是山尾守救了被雪女攻擊的年輕人，所以特別跑來小屋想要拍攝影片，至於滿夫當然又是為了兜售符咒。

「真是一群沒水準的傢伙。亂七八糟！」山尾守氣到發抖，惡狠狠的咒罵了幾句。

「那個……其實我們也是來打探關於雪女的事。」

儘管心裡有點害怕，健太還是決定誠實的向山尾守坦白他們來這裡的目的。

美希連忙插嘴說：「但我們絕不是因為好奇！是村長委託我們前來解決妖怪引起的騷動。」

「嗯，你們解決輪入道那件事，也算是幫了村子一點忙。」

山尾守的表情有一點……只有那麼一點點的緩和下來。

他以有點落寞的語氣對真實、健太和美希說：「然後呢？你們要問什麼？」

「山尾先生，你能不能和我們說說看，你救了那位被雪女攻擊的年輕人時，是什麼情況呢？」真實問。

山尾守歪著脖子努力回想，「什麼情況，這……」

山尾守說，當他出聲喊住那位年輕人時，年輕人受了傷，一臉很害怕的樣子。

「說是受傷，其實也不過就是他因為匆忙下山而在半路跌倒，不小心扭到腳而已，並不是什麼嚴重的傷勢。」

年輕人因為太過恐懼，整個人近乎歇斯底里。

「他不斷重複說著『嬰兒會吐出暴風雪』之類的話。」

「嬰兒會吐出暴風雪？」健太嚇得張大了嘴。

「那天的氣溫和今天差不多，會有雪女出現也很正常。可惜我沒有親眼目睹，所以沒辦法提供你們什麼有用的情報。」

山尾守打算就此結束對話。

「我知道的就是這些，可以了吧？我等一下還得去其他地方，我可是很忙的。」

山尾守離開時，滿夫悄悄從角落現身。

他對真實他們和山尾守的對話很感興趣，所以剛才沒有離開，只是躲起來偷聽。

「太可疑了！」

美希的雙眼閃過一抹犀利的光芒。

輪入道事件發生時，嗨咖．阿嘎嚕和恐井恐子從頭到尾與真實他們待在一起，所以有不在場證明，可以排除在嫌疑犯之列。

但是，滿夫沒有不在場證明。

「他想兜售他的那些符咒，這就是動機……原來如此，那傢伙果然是犯人！」

美希提議跟蹤滿夫，應該能發現什麼。

「我們在這裡兵分兩路吧！或許可以抓到完全寺先生正在安排妖怪雪女出現的詭計。」

美希說完，獨自追上已經走遠的滿夫。

與美希分道揚鑣的真實和健太，繼續沿著登山步道往山上走。

終於抵達雪原，那是一整片被白雪覆蓋的銀色世界。

「雪女出沒的雪原就是這裡吧？」

健太止不住的渾身顫抖。

三百六十度放眼所及，全都是雪、雪，還有雪。

（雪女當然會出現在這種地方……）

「總覺得太安靜了，好可怕！」

這個時期，村民也鮮少來到山上的雪原，四周被寂靜籠罩。

健太看向真實，只見他低頭沉默不語，似乎專注的在聽著什麼。

「健太，你聽到了嗎？」

「聽到什麼？」

真實這麼問，健太趕緊靜下心，注意聆聽。

「哇——哇——」

健太聽見遠處隱約傳來的嬰兒哭聲。

「這是……嬰兒的哭聲嗎？這麼說來，山尾先生好像說過，他救的那個年輕人因為遇到了會吐出暴風雪的嬰兒而受到驚嚇？」

雪女懷抱著嬰兒，在恐井恐子的漫畫中也曾經出現。

（把周遭一切都凍結，再殺掉人類的可怕妖怪……如果她真的存在該怎麼辦？）

「哇——哇——」

健太還在思索時，嬰兒的哭聲越來越近，聲音也越來越大。

「沙、沙。」

伴隨著嬰兒哭聲的是踏雪而來、逐漸逼近的腳步聲。

健太看向遠方，雪原那頭有個白色的人影走了過來。

那是一名穿著雪白和服的女子。

「沙、沙。」

女子的懷裡抱著一個嬰兒。

「那是……雪女？」

健太背後竄過一股令人感到毛骨悚然的寒意。

「哇──哇──」

嬰兒的哭聲非常激動。

「沙、沙。」

抱著嬰兒的女子一步步朝他們靠近。

（她過來這邊了！怎麼辦？我應該怎麼做才對？）

健太抱頭苦思，怎麼想都想不出能夠逃離雪女的方法。

「沙、沙。」

女子已經來到距離真實和健太不遠的前方。

女子的身材纖細瘦弱，長髮宛如烏鴉的溼羽般漆黑*。

從長髮縫隙間可以窺見女子的容貌，她的皮膚潔白透明，只有嘴唇漾著鮮豔的紅色。

那張妖豔美麗的臉，很難想像是屬於這個世界的東西。

看到女子的樣貌後，健太滿心恐懼又慌張。

（果然真的有雪女！我們真的遇到妖怪了！）

一旁的真實臉上沒有任何表情，只是緊盯著眼前的雪女。

「哇——哇——」

抱著嬰兒的女子走到兩人面前。

下一秒，她的嘴巴動了。

*形容頭髮烏黑亮麗，就像烏鴉羽毛被水打溼後的色澤。

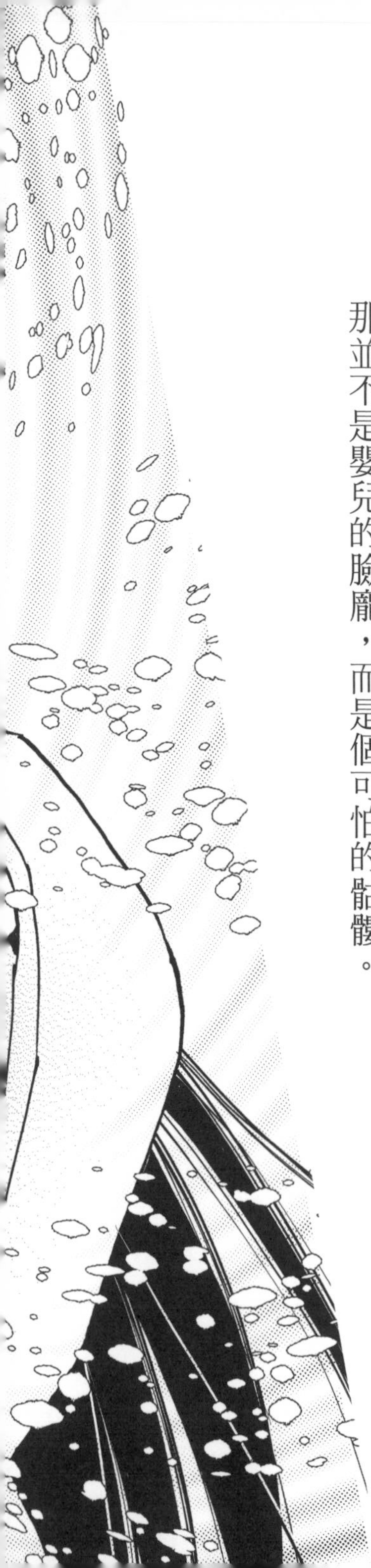

「你能不能……幫我抱抱這個孩子？」女子虛弱的說。

接著，她勾起紅脣，露出詭異的笑容。

（這句臺詞和恐井老師的漫畫一樣！

只要答應雪女的要求接過嬰兒，就會慘遭暴風雪凍死！）

一想到漫畫裡的情節發展，健太害怕的僵在原地。

他很想轉身逃跑，可是雙腳完全陷在雪地裡，不聽使喚。

這時，裹在白色襁褓裡的嬰兒轉頭看向他們。

那並不是嬰兒的臉龐，而是個可怕的骷髏。

凹陷的眼窩底下，發出血紅的光。

「哇啊——」

嬰兒張開大嘴的同時，健太也開口大叫。

「轟——」

嬰兒嘴裡吐出大量白雪。

健太呆住不動，茫然仰望著噴出的雪花。

這時，一陣突如其來的大風，把飛舞的白雪吹向健太和真實。

「危險！快趴下！」

真實冷不防的撲上健太，兩人猛然跌落雪地。

下一秒，亮晶晶的雪花降落在兩人身上。

健太因為有真實的保護，所以沒事，但真實的右手卻變得紅腫。

雪女看到真實按著泛紅的手後似乎嚇到了，迅速逃離現場。

「咦，我們還活著？」

健太過了一會兒才回過神來。

他起身看向四周，注意到真實紅腫的手，「真實，你沒事吧？」

健太要真實立刻下山去看醫生，但真實搖搖頭。

「我沒事。我們必須先去追雪女。」

「可是……」

真實抓起一把雪，敷在手上。

「就先這樣處置吧！我們的動作得快一點了。」

真實說完，邁步跟著雪女留下的足跡，走在積雪的山路上。

兩人順著雪女足跡來到的地方，居然是稍早去過的山中小屋。

足跡延伸到小屋旁擺放柴火的地方。

他們在柴火縫隙間，找到被脫下後亂塞的白色和服和長假髮。

「這些是雪女的嗎？」健太指著和服大叫。
「犯人在這裡換下裝扮，並把它們丟在這裡。」
「咦，犯人？你的意思是，那不是真正的雪女？」
「當然不是。犯人或許還躲在這裡，小心點。」
聽到真實的提醒，健太連忙看向附近，結果——

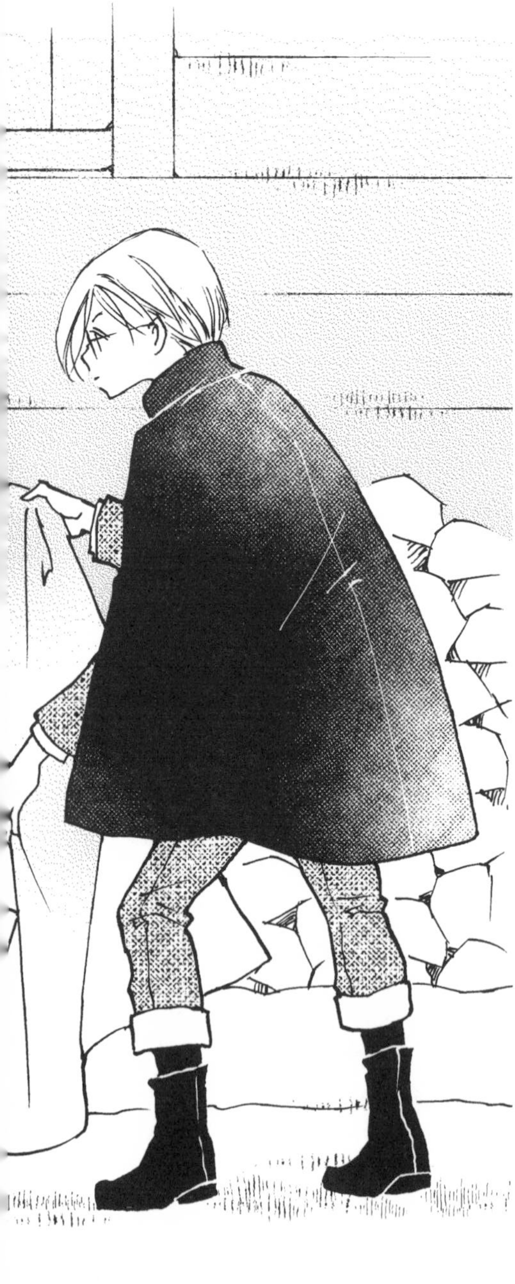

「哇啊——」

健太看到被丟在柴火堆裡的那個長相可怕的嬰兒。

「嬰、嬰兒！」

健太靜下心，仔細一看才發現，那個嬰兒其實是個娃娃，一舉高就會發出「哇——哇——」的哭聲。

「看來，證據都齊全了。」

真實查看健太手中的那個嬰兒娃娃，發現娃娃的背後有個像是開關的按鈕。

真實思考了一下，按下按鈕。

「啪！」

娃娃的嘴巴瞬間張開。

真實別有深意的笑了笑，推了推眼鏡。

「果然是這樣。這世上沒有科學解不開的謎團！我已經看穿嬰兒吐出暴風雪的詭計了。」

「什麼！」

健太把娃娃翻過來又翻過去，想找出其中的祕密。

「這個娃娃的身體裡裝有類似保溫瓶的容器，容器裡則裝著某種狀態的水。」

「某種狀態？」

「沒錯！只要按下娃娃背後的按鈕，那個『某種狀態』的水就會噴發出來。雪女就是靠著這個開關製造出暴風雪。」真實的語氣平靜，但卻讓人信服。

聽到真實的說明，健太儘管滿腦子問號，仍是點點頭，假裝自己聽懂了。

真實所說的「某種狀態的水」，究竟是什麼？

而這個「某種狀態的水」和引發妖怪騷動的犯人又有什麼關係？
背後的真相到底是什麼？

我的手紅腫，就是因為碰到了那個「某種狀態的水」。

解謎篇

「水瞬間變成了雪，所以是……快結凍的冰水？」健太想了一下，說出心中的答案。

真實搖搖頭。

「很可惜，你猜錯了！正確答案是『熱水』。」

「咦，怎麼會？就算天氣再冷，熱水也不可能瞬間變成雪啊！」健太露出懷疑的表情。

「你如果不信，我們來做個實驗。」

兩人走進山中小屋，屋裡有提供給登山客使用的烹調用品。

真實煮滾熱水，再倒進水壺裡。

「這樣就可以了。」

真實和健太再次走出屋外，來到小屋附近比較開闊的地方。

「在這裡應該就沒問題了。這個實驗很危險，你站遠一點。」真實對健太說。

「那麼，我要動手嘍！」

真實打開水壺的蓋子，把壺中的熱水一口氣全灑向空中*。

熱水水滴瞬間變成如同暴風雪般的雪片，並像煙火般「啪」的一聲炸開。

「怎麼會這樣？」

健太不敢相信眼前的景象。

「把熱水灑在氣溫冰點以下的空氣中，立刻就會像霧一樣散開，變成亮晶晶的雪片。如果用冷水，反而不會有這種效果。」

*去過南極的人，多半都曾挑戰過「灑出熱水變成雪片」的遊戲。但是，倘若氣溫沒有低到冰點以下，就無法成功；而且風向不對，很有可能會造成燙傷，所以千萬不可以隨意模仿。

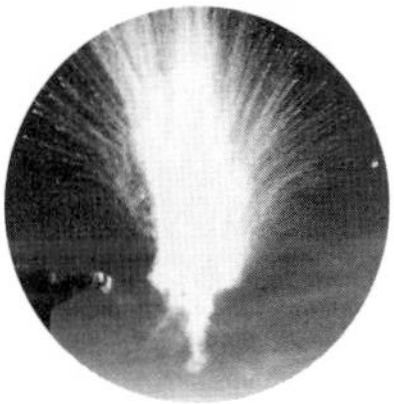

「熱水的溫度明明比冷水高那麼多，為什麼會這樣？」

「這是因為熱水中的水蒸氣和小水滴在冰點以下遇到溫差較大的環境時，迅速降溫形成冰晶。熱水與冷空氣接觸的面積越大，越容易形成較小的冰晶。」

真實認真的解釋關於「沸水變雪花」的原理。

「雪女將裝有熱水的保溫瓶放在嬰兒娃娃的身體裡，再操控娃娃背後的開關，讓沸水從嘴巴噴出。她就是利用這個方式來製造暴風雪。可是，部分噴出的水沒有立刻凍結，仍然是熱水狀態，直接碰到皮膚的話就會燙傷。」

「所以……真實，你的手變得紅腫，就是因為……」

真實點點頭。

「沒錯！就是燙傷。不過別擔心，傷勢並不嚴重。」

此時，兩人身後傳來熟悉的聲音，大喊著：「讚啦！」

他們回頭一看，嗨咖・阿嘎嚕拿著攝影機對著他們。

「嗨咖・阿嘎嚕和真實，這對名偵探搭檔又再次解決了事件——妖怪雪女！從嬰兒口中吐出暴風雪的祕密，居然是因為把熱水潑灑在冰點下的空氣中。」

嗨咖・阿嘎嚕對著鏡頭，把真實說過的話一字不漏的複誦一遍，講得好像是他自己的發現。

不僅如此，嗨咖・阿嘎嚕甚至說了真實根本沒說過的話：「而且啊而且，引起妖怪騷動的人是誰？我已經知道了唷！」

「什麼？真的嗎？」健太驚訝的反問。

嗨咖・阿嘎嚕笑著說：「你們不也看到了裝扮成雪女的犯人脫掉的和服與假髮？既然那些東西是在這個山中小屋裡發現的，犯人當然就是小屋的主人，不是嗎？」

「那個……」真實正要開口。

「剩下的就交給我，我來抓犯人！」

嗨咖．阿嘎嚕咧嘴一笑，比了個V的勝利手勢後轉身跑開。

「不！你說的那個人，他並不是犯人……」

真實對著嗨咖．阿嘎嚕離去的背影喊著，但還沒有說完，嗨咖．阿嘎嚕已不見蹤影。

真實和健太回到山下後，發現村裡吵鬧不休。

村民們真的相信了嗨咖．阿嘎嚕的推理，把小屋的主人山尾守當成是引起妖怪騷動的幕後元凶，緊緊的抓住他的胳膊，說要拖去村長面前好好說個清楚。

「放開我！我根本不曉得什麼雪女！」山尾守一邊抵抗一邊喊叫。

「別裝蒜了！」

「是啊！是啊！」

「你扮成雪女時穿著的和服與假髮，已經全都在你的小屋旁被找到了。這就是如假包換的證據！」

村民們接二連三的指責山尾守。

「不！山尾先生不是犯人。」真實走到村民面前，「我們親眼見過假扮成雪女的犯人。」

聽到真實這麼說，村民們議論紛紛。

「出現我們眼前的雪女，她的個子嬌小纖瘦，山尾先生的身高雖然不高，可是肩膀很寬、體格壯碩，就算能靠化妝和假髮改變他的長相和髮型，卻無法改變體型。所以假扮成雪女的犯人，並不是山尾先生。」

村民個個面面相覷。

「冷靜後想想，他說的確實沒錯。我很難想像這個熊大叔假扮成雪女的樣子。」

「我剛才不是說了嗎？你們這些失禮的傢伙。」

「哎呀！抱歉、抱歉！真要追究的話，都要怪那個傢伙……」

村民們回過頭來，想要找嗨咖．阿嘎嚕理論。

但是，原本還拿著攝影機拍攝的嗨咖．阿嘎嚕一見苗頭不對，早就腳底抹油開溜了。

「真是的！早早就發現自己弄錯，他還挺機靈的嘛！」美希交抱雙臂，看著嗨咖．阿嘎嚕跑遠的身影說。

美希不曉得從什麼時候就已經加入圍觀的群眾裡，靜靜的在一旁看熱鬧。

「美希！」健太開心的大喊。

「所以呢？你跟蹤完全寺先生的結果如何？」

「呃……我猜錯了。我一直緊跟著他，他後來就下山回到旅館，跟村長先生一起吃著仙貝閒聊。」美希不好意思的說。

「這樣啊……」健太感到有點失望。

「那犯人到底是誰呢？」

「我已經有答案了。」

真實說完，眼鏡後側的雙眼閃過一道亮光。

4

SCIENCE TRICK DATA FILE

科學詭計檔案

奇妙的低溫世界

低溫時，會發生很多不可思議的現象。

Q：最低的溫度大概是幾℃呢？

約零下80℃

二氧化碳會結凍

二氧化碳結凍後，
會變成乾冰。

零下93℃

地球上的最低氣溫

這個溫度是2010年於
南極測得的紀錄。
（衛星觀測得到的數據）

零下135℃以下

磁鐵會浮在半空中

在低於某一個溫度時，電阻變為零的現象，稱為「超導現象」，材質不同發生超導現象的溫度也不同。超導磁浮列車就是利用這個原理讓車身浮起。

零下
162℃

天然氣會變成液體

氣體天然氣變成液體（液化天然氣）後，體積約為原本的600分之一，運送起來變得很輕鬆。

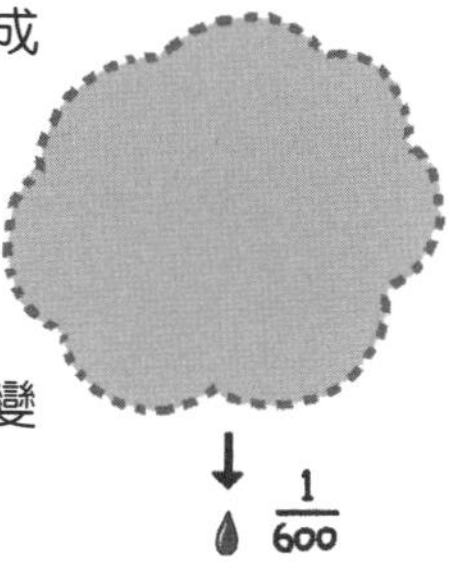

約零下
270℃

液態氦會動起來

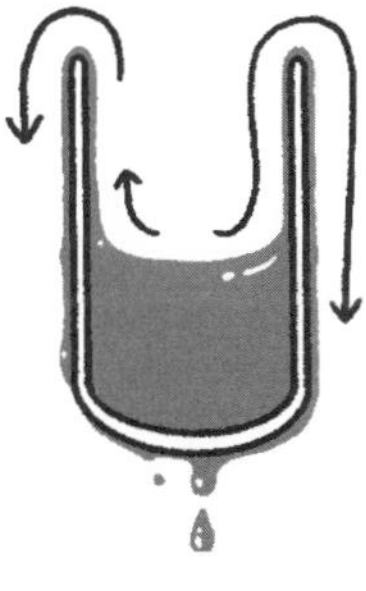

液態的氦會自行爬上容器杯身。

零下
273.15℃

溫度的底限，
也就是「絕對零度」！

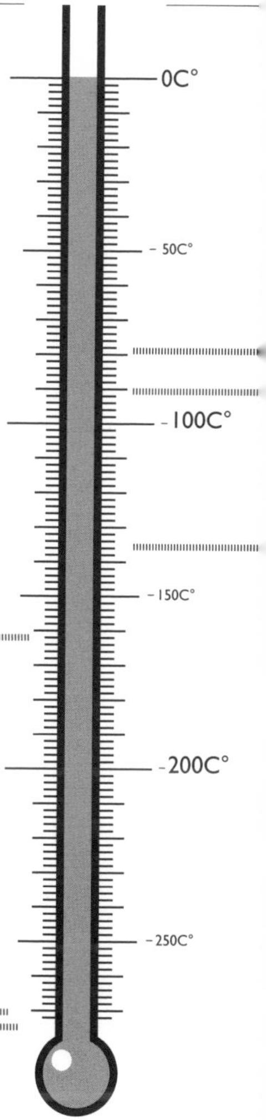

A：一般認為最低的溫度是零下273.15℃。

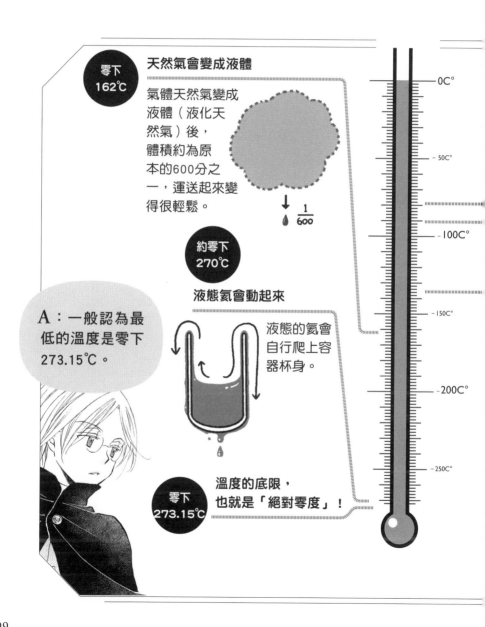

「真實，假扮成雪女的犯人到底是誰？」

聽到健太的話，眾人同時看向真實。

真實緩緩開口，「不只是雪女，我們一開始過夜留宿的民宿老爺爺和老婆婆，也都是那個人裝扮的。」

「什麼？犯人有兩個？」

事件出乎意料的發展，健太的下巴都快掉了下來。

但是，真實搖搖頭。

「犯人只有一個。健太，你回想看看，那間民宿裡的確是有位老爺爺和老婆婆，可是，我們不曾看到兩個人同時出現吧？」

「咦？你這麼一說……老婆婆出現時，老爺爺確實沒有現身。」

「那間不可思議的民宿也是犯人設計出來的詭計。山裡原本就有兩間外型類似的建築，犯人把一間改造成民宿，另一間則是弄成廢墟。他讓我們先後看到不同的建築，誤以為民宿突然變成了廢墟。」

「原來是這麼一回事。」

「接著，那天我們離開民宿後，犯人立刻變裝，裝作不知情的樣子出現在我們面前。」

「出現在我們面前？你的意思是……犯人是我們認識的人？」

「沒錯！犯人就是把我們帶往廢墟、在妖怪輪入道出現時不在我們身邊、體型又和雪女差不多的人……」

「你說的難道是……」

健太話說到一半，一個男人走了過來。

他是去河邊釣魚，剛回到村裡的繼男。

「真實，村民們請我過來，說你有事找我？」

看來，真實早就請村民去把繼男找來。

「我想，你或許對於我們剛才遇到的雪女一事，知道些什麼。」真實語氣平淡的說。

「雪女？真的有雪女嗎？」繼男露出不可置信的表情。

「不！那是有人假扮的。但我相信，你應該知道犯人是誰。」真實的語調稍稍上揚。

「假扮的？既然是雪女，應該是女性吧？我們村裡有擅長易容的女性嗎？」繼男努力思考著。

「唔！」真實突然皺起臉，按住自己的手。

「真實，你怎麼了？」

「剛剛遇到雪女時，不小心受傷了。」

「受傷？那可不妙。快去診所看看！燙傷必須盡快接受治療。」

繼男打算帶真實去看醫生，但真實只是直盯著繼男。

「你怎麼會知道我的傷是『燙傷』呢？」

「咦？」

眾人疑惑的看著真實，發現他用另一隻手遮住燙傷的手。

「只有知道『雪女的暴風雪會造成燙傷』的人，才會知道我的傷是燙傷。這一連串的妖怪騷動，全都是你的傑作吧！」

周遭的村民紛紛湊上前來，想知道究竟是怎麼一回事。

「輪入道出現時，繼男的確不在我們身邊。」

美希回想妖怪輪入道事件發生時的情況。

「嗯，可是這是為什麼呢？」

「不是的……我是、那個、呃……」繼男緊張的支支吾吾。

「這些全都是你搞出來的嗎？」

山尾守步步逼近，繼男頓時啞口無言。

其他人神色複雜的看向繼男。

過了一會兒，繼男沮喪的垮下肩膀。

「我……我只是希望這個村子能夠成為話題。這麼一來，旅館的生意也能夠好轉……」繼男無奈的說。

「之前我不是說過嗎？我在繼承旅館前，曾在東京工作。當時我的工作就是『鬼屋企畫師』。」

「鬼屋企畫師？」

健太沒有聽過這個新奇的職業，想當然不懂這個職業是做什麼的。

「『鬼屋企畫師』就是設計鬼屋機關的人。」真實向健太說明。

「是的。我從小就喜歡鬼怪，所以後來如願當上鬼屋企畫師。我們的村子裡因為沒有什麼特別的觀光景點，所以旅館的經營越來越困難。在我擔下旅館的責任後，我一直在想『怎麼樣才能招攬觀光客願意前來呢？』於是，我想到了利用鬼屋企畫師的工作經驗來製造妖怪騷動。」

繼男道出事件的緣由。

「可是，你為什麼要按照恐井老師的漫畫去規畫呢？」健太說出心中的疑問。

「我一直是《妖怪偵探妖怪君》的書迷。只是我萬萬沒想到有這麼一天，恐井老師竟會大駕光臨，下榻我們的旅館。」

繼男露出書迷的靦腆微笑，旋即神情不安的看向真實。

「老實說，我或許是還念念不忘鬼屋企畫師的工作，所以每當真實看穿我的詭計，從前的企畫魂就會熊熊燃起，結果越玩越大，還因此害真實受傷，並給村裡的各位帶來困擾……」

繼男轉向眾人，「我做得太過分了！真的很對不起。」

他深深的向大家鞠了一個躬。

「繼男……」

聽完繼男的解釋，村民們個個不發一語的沉默著。

村長往前走了一步。

「繼男，你的所作所為，真的不值得原諒。」

「我知道……」繼男的頭低得不能再低。

「但是，我明白你這麼做是為了村子、為了旅館，村民們也都知道你並不是壞人。」

「村長……」

村長轉向真實。

「真實，這傢伙的本質是善良的，身為村長，我願意再給他一次機會，你們能不能也原諒他呢？拜託你們了。」村長低下頭，誠摯的說。

繼男對於村長突如其來的舉動感到錯愕。

其他村民聽到村長的話，也往前踏一步，對真實、健太和美希說：「拜託你們原諒繼男吧！」

村民們說完，跟著村長一起低頭鞠躬。

「你們、你們……」

繼男的雙眼流下斗大的淚珠。他再一次彎腰，深深的鞠躬。

隔天早上，準備離開村子的真實、健太和美希來到旅館玄關。

嗨咖・阿嘎嚕和恐井恐子也準備在今天離開。

「給各位添麻煩了。」

「我們家兒子真是對不起各位。」

繼男和女將滿臉歉意的聲聲道歉。

「哎呀！這次沒能遇到真正的妖怪實在可惜。不過，這段旅程真是超級無敵嗨的啦！」嗨咖・阿嘎嚕對著攝影機口沫橫飛的說。

「這裡是間很棒的旅館，讓我產生了很多很多的靈感，想要畫出更多恐怖的漫畫。」

嗨咖・阿嘎嚕身旁的恐子露出詭異的微笑。

他們兩人似乎沒有因為繼男惹出的事件而感到不悅。

「今後我會為了這個村子好好努力。雖然我還沒有任何頭緒該怎麼努力……」繼男沒自信的說。

「這裡真的是一個美好的村子，你們一定能找到特色，讓村子繁榮起來。」美希望向四周，依依不捨的說。

「或許真的有妖怪存在！」

背著大行李袋的完全寺滿夫大步走向眾人。

「你這話是什麼意思？」健太問。

滿夫咧嘴一笑，說：「我有強烈的感應，這個村子裡一定有妖怪！只是躲起來沒現身而已。」

滿夫的行李袋裡裝著一捆一捆的安心符。

「他大概是很想賣掉那些符咒吧？」

「我想也是。」

美希和真實嘆了口氣。

「妖怪嗎？如果真的有，那就太酷了。」健太微笑著說，但卻突然像是感覺到了什麼，看向旅館旁的茂密樹林。

下一秒，樹叢裡跳出某個東西。

「哇啊——妖怪出現了！」

健太連忙抓住真實。

真實看向樹叢，苦笑著說：「健太，你冷靜點。」

「啊？」

健太往樹叢看去，發現站在那裡的是山尾守。

「我聽說你們要離開了，所以過來送送你們。」

「什麼嘛！原來是這樣。」

健太沒好氣的說：「真是的！但是，你也用不著特地從樹叢裡冒出來吧？這樣會嚇到人啦！」

「嗯？」

這時，健太注意到山尾守的肩膀上似乎停著什麼。

健太湊近一看，不自覺睜大了雙眼。

「琉璃鍬形蟲*！」

「琉璃鍬形蟲？」

「這是一種很罕見的鍬形蟲。沒想到會在這裡出現！你們看，牠身上這美麗的顏色，因為閃耀著類似琉璃的光輝，所以被稱為『琉璃鍬形蟲』。嗯？牠和一般的琉璃鍬形蟲好像有點不同，該不會是新物種？」

健太越講越興奮。

「新物種？」眾人驚呼。

「發現新物種嗎？嗨咖・阿嘎嚕覺得超級嗨的啦！」

「太好了！只要發表，一定可以引起很大的話題吧！」

＊琉璃鍬形蟲：棲息在日本本州、四國、九州等地高海拔場所的小型鍬形蟲，有些種類的身體帶有亮晶晶的琉璃色（深藍色）。成蟲會躲在倒下的山毛櫸樹幹下過冬。

「很大的話題？」美希的神情變得十分開朗。

「你們不如就用『琉璃鍬形蟲』來推銷村子吧？」

「哦？這是個好主意。」

「我贊成！」

山尾守和女將的反應也很熱絡。

「但是，推銷村子要做些什麼才好呢？我和村民們都不懂這些事，村長也只會做仙貝……」

聽到山尾守這麼說，女將失落的點點頭。

美希綻放燦爛的笑容，「這有什麼困難？交給繼男就可以啦！」

「我？」

被美希點到名，繼男嚇了一跳。

「對！有繼男在，你們一定能想到好點子。他之前不就想出了那些了不起的妖怪詭計嗎？」健太附和著說。

「健太，可是我……」

繼男有些遲疑，真實靜靜的走到他的身邊。

「別小看自己。你或許有能力規畫出讓大家驚喜的村落行銷案。」

「真實……」

繼男看向女將。

女將同時也望向繼男，面帶微笑輕輕的點了點頭。

「我明白了！我會努力想想推銷村子的好點子。這一次，我一定會想出讓大家都開心的內容。」繼男像是宣示般的大聲說。

「很好！這樣一來，我就可以販售紀念符了！」

眾人轉頭看去，只見滿夫手裡拿著符咒。

符咒上原本的「安心」兩個字，被畫了兩條線槓掉，旁邊多了手寫的「新物種」這幾個字。

「各位，這個幸運的『新物種符』是為了紀念村中發現新物種的鍬形蟲，一張只賣五百元。不！紀念優惠價十張一百元。要買要快！」

滿夫拿著符兕走向村民兜售。

「他可以做到這種地步，某種程度上來說也真叫人佩服。」

「唉，十張一百元也不會有人想買啦！」

「哈哈哈。」

樹林間吹來一陣輕柔的風，健太不自覺看了過去。

「咦？」

林木晃動了一下，一個巨大的黑影穿過林間。

接著，黑影轉向健太，露出詭異的……應該算是笑容吧？

「哇啊——真實，出現了！這次真的是妖怪！」

健太緊緊抱住真實，手指指向樹林的方向。

真實一臉不解，「健太，你在說什麼？那裡什麼也沒有呀！」

健太看向樹林，那裡早已恢復平靜，沒有任何奇怪的東西。

「怎麼會這樣？我明明看到了！」

「是你的幻覺吧？」

「幻覺？或、或許吧……」

健太儘管感到有些困惑，還是放開了緊抓著真實的手。

又一陣清爽的春風吹過。

真實微笑著看向村子，「這裡的確是個好村子。」

他又轉頭看向健太和美希。

「我們回去吧！回到我們的小鎮。」

真實說完，和美希、健太一同邁向回家的路。

科學偵探後記‧‧眾所期待！恐井恐子的新作品。

恐井老師推出最新的妖怪漫畫了。
快來一起看！
啊！
那是妖怪驚太。他總是用他那張驚恐的臉，帶給眾人不安。
那是妖怪相機美希。聽說被她拍下照片，壽命將會縮短……
多了好多有趣的妖怪。
哈，驚太也太膽小了吧！
我怎麼覺得這些角色很眼熟？
真實君
恐井恐子

作者 **佐東綠**

編劇、作家。擔任編劇的作品有動畫《海螺小姐》、《與凱蒂貓一起玩！一起學！》等；小說作品有「恐怖收藏家」系列《謎新聞未來時代》等。

（撰寫本書序章、第3章和尾聲）

木滝理真

編劇、作家。擔任編劇的作品有電視劇《念力家族》、《真實的恐怖故事》，以及動畫《光之美少女》等；《世界奇妙物語：電視小說——恐怖的起點篇》為其小說代表作。（撰寫本書第2章和第4章）

田中智章

導演、編劇。擔任編劇的作品有動畫《哆啦A夢》、電影《幻花之戀》等；電影《放學後的筆記本》、《幻化成花》等為擔任導演的代表作。（撰寫本書第1章）

繪者 **木木（KIKI）**

漫畫家、插畫家。代表作有「魔法人西德&利德」系列《傳奇變奏曲》、《魔法變奏曲》（東立出版）、「1／2奇幻雙胞胎」系列（台灣東販）和「Love me tender 溫柔的愛我」系列（長鴻出版社）等。官方網站：http://www.kikihouse.com/

翻譯 **黃薇嬪**

東吳大學日文系畢業。大一開始接稿翻譯，至今已超過二十年。兢兢業業經營譯者路，期許每本譯作都能夠讓讀者流暢閱讀。

審訂 **盧俊良**

宜蘭縣岳明國小自然科教師，也是學生口中的「阿魯米」老師。擅長透過遊戲讓科學原理具象化，把複雜的科學觀念以淺顯易懂的方式傳達。期望透過做中學，激發孩子對科學的學習興趣。（FB粉絲專頁：阿魯米玩科學）

書籍設計／美術總監：辻中浩一、渡部文（Oeuf）

協力：石川北二

預　告

科學偵探 謎野真實 07

科學偵探vs.超能力少年

謎野真實和超能力少年正面對決，

真實因無法破解對方的超能力而敗下陣來。

「科學無法破解的謎團當然存在！」

念力、千里眼、心電感應、

穿牆術、透視、念寫、空中飄浮……

少年的超能力究竟是真是假？

真實只能是他的手下敗將嗎？

主要參考文獻：

「新編新理科」系列3～6（東京書籍）／《Kidspedia科學館》日本科學未來館、筑波大學附屬小學理科部審訂（小學館）／《KAGAKURU週刊》改訂版1～50期（朝日新聞出版）／《KAGAKURU週刊》PLUS改訂版1～50期（朝日新聞出版）／《小諾諾的DO科學》（朝日新聞社https://www.asahi.com/shimbun/nie/tamate）

動小說

科學偵探謎野真實 06：科學偵探 vs. 妖魔之村

作者：佐東綠、木滝理真、田中智章｜繪者：木木（KIKI）
監修：金子丈夫（日本筑波大學附屬中學前副校長）
山風村地圖：渡邊MIYAKO｜正文插圖：細雪純｜專欄插圖：佐藤MANAKA
書籍設計、美術總監：辻中浩一、渡部文（Oeuf）
照片提供：iStock、朝日新聞社
翻譯：黃薇嬪｜審訂：盧俊良（自然科教師）

總編輯：鄭如瑤｜文字編輯：姜如卉｜美術編輯：張簡至真｜行銷副理：塗幸儀

社長：郭重興｜發行人兼出版總監：曾大福
業務平臺總經理：李雪麗｜業務平臺副總經理：李復民
海外業務協理：張鑫峰｜特販業務協理：陳綺瑩｜實體業務協理：林詩富
印務經理：黃禮賢｜印務主任：李孟儒
出版與發行：小熊出版．遠足文化事業股份有限公司
地址：231新北市新店區民權路108-2號9樓｜電話：02-22181417｜傳真：02-86671851
客服專線：0800-221029｜客服信箱：service@bookrep.com.tw
劃撥帳號：19504465｜戶名：遠足文化事業股份有限公司
Facebook：小熊出版｜E-mail：littlebear@bookrep.com.tw
讀書共和國出版集團網路書店：http://www.bookrep.com.tw
團體訂購請洽業務部：02-22181417 分機1132、1520

法律顧問：華洋法律事務所／蘇文生律師
印製：天浚有限公司｜初版一刷：2021 年 3 月｜初版六刷：2022 年 2 月
定價：350元｜ISBN：978-986-5503-99-4

國家圖書館出版品預行編目（CIP）資料

科學偵探謎野真實06, 科學偵探vs.妖魔之村 / 佐東綠,木滝理真,田中智章著;木木（KIKI）繪 ; 黃薇嬪譯. -- 初版. -- 新北市 : 小熊出版 : 遠足文化事業股份有限公司發行, 2021.03
224面；21×14.8公分. --（動小說）
ISBN 978-986-5503-99-4（平裝）
861.596　　　110001302

小熊出版官方網頁　小熊出版讀者回函

Fig. 55
Fig. 57
Fig. 5
Fig. 75
Fig. 74
Fig. 7
Fig. 76
Fig. 85
Fig. 86
Fig. 88
Fig. 45
Fig. 101
Fig. 87
Fig. 99
Fig. 100
Fig. 102
Fig. 98
Fig. 119
Fig. 117
Fig. 121
Saturn
Uranus
Ceres
Merkur
Pallas
SONNE
Erde
Mond
Mars
Venus
Saturn
Fig. 132
Fig. 127
r=ab
x=an
Fig. 37
Fig. 133
Fig. 135
Mond
Erde
SONNE